아름다운 자

파란시선 0023 아름다운 자

**1판 1쇄 펴낸날** 2018년 6월 30일
**지은이** 정창준
**디자인** 최선영
**인쇄인** (주)두경 정지오
**펴낸이** 채상우
**펴낸곳** (주)함께하는출판그룹파란
**등록번호** 제2015-000068호
**등록일자** 2015년 9월 15일
**주소** (07552) 서울특별시 강서구 공항대로 59길 80-12(등촌동), K&C빌딩 3층
**전화** 02-3665-8689
**팩스** 02-3665-8690
**모바일팩스** 0504-441-3439
**이메일** bookparan2015@hanmail.net

ⓒ정창준, 2018, printed in Seoul, Korea

**ISBN** 979-11-87756-20-0 04810
      979-11-956331-0-4 04810 (세트)

**값** 10,000원

# 아름다운 자

정창준 시집

분쇄된 원두를 지나온 물은 커피가 되고
덖은 새잎을 지나온 물은 한 잔의 차가 된다
가끔 나는
내가 지나온 것을 믿을 수 없다

# 차례

**제2부**

제1부

# 아버지의 발화점

바람은 언제나 삶의 가장 허름한 부위를 파고들었고 그래서 우리의 세입은 더 부끄러웠다. 종일 담배 냄새를 묻히고 돌아다니다 귀가한 아버지의 몸에서 기름 냄새가 났다. 여름밤의 잠은 퉁퉁 불은 소면처럼 툭툭 끊어졌고 물 묻은 몸은 울음의 부피만 서서히 불리고 있었다.

올해도 김장을 해야 할까. 학교를 그만둘 생각이에요. 배추 값이 오를 것 같은데. 대학이 다는 아니잖아요. 편의점 아르바이트라도 하면 생계는 문제없을 거예요. 그나저나 갈 곳이 있을지 모르겠다. 제길, 두통약은 도대체 어디 있는 거야.

남루함이 죄였다. 아름답게 태어나지 못한 것, 아름답게 성형하지 못한 것이 죄였다. 이미 골목은 불안한 공기로 구석구석이 짓이겨져 있었다. 우리의 창백한 목소리는 이미 결박당해 빠져나갈 수 없었다. 낮은 곳에 있던 자가 망루에 오를 때는 낮은 곳마저 빼앗겼을 때다.

우리의 집은 거미집보다 더 가늘고 위태로워요. 거미집도 때가 되면 바람에 헐리지 않니. 그래요. 거미 역시 동의

한 적이 없지요. 차라리 무거워도 달팽이처럼 이고 다닐 수 있는 집이 있었으면, 아니 집이란 것이 아예 없었으면. 우리의 아파트는 도대체 어디에 있는 걸까. 고층 아파트는 떨어질 때나 유용한 거예요. 그나저나 누가 이처럼 쉽게 헐려 버릴 집을 지은 걸까요.

알아요. 저 모든 것들은 우리를 소각하고 밀어내기 위한 거라는 걸. 네 아버지는 아닐 거다. 네 아버지의 젖은 몸이 탈 수는 없을 테니. 네 아버지는 한 번도 타오른 적이 없다. 어머니, 아버지는 횃불처럼 기름에 스스로를 적시며 살아오셨던 거예요. 아, 휘발성의 아버지, 집을 지키기 위한 단 한 번 발화.

# 먼지

단단한 경계의 가장 변두리에서 어느 날 떨어져 나온 너는, 한때 네 몸이었던 경계를 바라보다가 문득 늙은 날처럼 쓸쓸해진다 어떤 단단한 적의도 없이 뒹굴던 날들의 나른함을 털어 내며 더는 부서질 것도 없는 몸으로 건조주의보를 기다리다가 중력을 거스르는 바람을 타고 무심결에 꽃가루와 함께 후욱— 날아올랐지만 끝내 열매가 될 수 없는 너는, 잠시 머무르던 날들의 따스함을 접어 두고 슬픔으로 하얗게 마른 몸을 틀며 그저 바람에 몸을 맡기고 셀 수 없는 날들을 그저 뜨내기로 떠다니던 너는, 두텁게 껴입은 그리움의 습한 무게로 다시 한 번 울컥 내려앉는다 바람이 불어도 흔들리지 않는 단단한 뿌리가 소원인 너는, 아무리 밀어 넣으려 해도 한 몸이 되지 않고 그저 닦여질 뿐인 너는, 낡은 것들 경계에 내려앉아 앞으로 떠나갈 것들에게 지나온 여정이라도 가만가만 들려주며 그들의 내력이라도 되어 주려 한다.

## 폴리에스테르 로드

누에의 날개를 뺏는 대신 비극적 전설을 달아 준 자로 인해 낙타는 안락한 곳을 밟지 못하고 파미르의 흙먼지 속에서 고단을 덮고 잠들었을 것이다. 폴리에스테르가 있었다면 낙타의 속눈썹도, 누에의 전설도 없었으리.

그러나 이곳에서는 종종 낙타처럼 단단해진 혓바닥을 굴리며 쐐기풀 같은 일들을 삼켜야 한다. 고원의 차고 건조한 밤들은 어쩐지 오늘과 닮아서, 유목민처럼 죽은 낙타의 너클본을 굴리며 별자리를 더듬거리며 새로 배운 주술을 떠올린다. 폴리에스테르. 폴리에스테르라고 중얼거리면 닿을 것 같은 부드럽게 찰랑거리는, 비단을 짜야 하는 내일.

오늘 밤,
폴리에스테르가 실크로드를 없앴다는 것을 믿을 수 있다.

●너클본(Knucklebones): 양의 발목뼈로 만든 고대의 주사위.

# Vincent Van Gogh 1

### 1

생 레미 병원에서 나오는 길이야. 병실은 너무 차고 건조해. 딱딱한 침대를 훑어 내리며 슬금슬금 기어들어 온 햇빛이 창 아래 잠시 고여 있기도 했지만, 이따금 깊숙한 병실 한가운데까지 넘쳐 들곤 했지만, 그때마다 지루한 해바라기들이 뒷목을 젖히며 빨아들이던 샛노란 햇빛은, 끝내 몸속까지 스며들진 못했어. 짙게 깔린 냉기에 오후까지 발목이 시큰거렸어. 이젠 물감을 사러 가려 해. 아니 검은색 분필이 좋겠어. 길고 음울한 코를 가진 푸석한 얼굴의 여자를 그려야 하니까. 그런데 왜 그늘에서는 항상 덜 건조된 눈물 냄새가 나는 걸까.

### 2

내게도 사랑하던 여자가 있었다. 해바라기처럼 노랗게 물든 얼굴로 벽난로 앞에 앉은 불안한 졸음, 그녀는 선천적으로 차고 쓸쓸한 등을 가지고 태어났다. 그러나 나는 안다, 그녀가 견딜 수 없었던 건 내 불꽃같은 머리카락과 앙상한 몸이 아니라 흉폭한 가난이었다는 걸, 내가 그려

왔던 것들은 모두 채도 낮은 삶의 반대편에 걸릴 것이라
는 것을.

  3

  밤새 새들은 컴컴한 얼굴로 노래하고 그녀의 잘려진 파
편들이 떠다녔다. 조각난 파편의 날카로운 면으로 귀를 천
천히 잘라 냈다. 귓바퀴처럼 고요한 소리의 그물을 찢고
이제는 적막에 귀 기울일 수 있을 것이다. 우리의 사랑이
어긋나도 세상은 그대로일까 생각하는 사이 멀리서 새들
이 제 추운 몸을 날개로 덮는 소리 들렸다. 어쩐지 날갯죽
지와 닮은 모습의 둥근 귀를 닫고 문을 잠근다.

  4

  테오에게. 구름의 길을 따라가 보려 해. 그 끝에 한 며
칠 묵을 수 있는 마을이 있었으면, 그곳이 석탄의 고장이
었으면 좋겠어. 탄가루가 드문드문 박힌 눈길을 걸어 여
윈 자작나무 숲을 만날 수 있다면 여장을 풀 수 있겠지.
그때쯤 아마 팔레트엔 물감들이 쓸모없는 기억처럼 굳은

채 엉켜 있겠지. 일하는 자들의 식탁만큼 누추한 그림을 그릴 수만 있다면 그들의 창가에 미약한 희망의 불이 들어오면 속으로 들어갈수록 뜨거운 감자가 가득 놓인 식탁에서 아마도 나는 희망을 봉해서 너에게 이 편지를 보낼 수 있지 않을까.

# 캥거루의 밤


이 방을 키운 것은 당신이다.
자궁에서 한 뼘 떨어진,
따스하고 붉은 어둠이 자리하고 있는,
처음부터 나를 위해 재단된
가죽으로 만들어진 밀실.

잠들지 않아도 건기의 식물처럼 침묵해야 한다.
주말 드라마 여주인공의 목소리가 점점
흐느낌 쪽으로 다가서는 순간,
어머니는 볼륨을 높인다.
그녀는 채권자일까 채무자일까.
우리 사이에 벽이 생존한다는 건
여러모로 다행이다.
벽 너머의 한숨을 모른 척할 수 있으므로.
그러나 열린 천장을 통해
수시로 출입하는 당신의 시선, 그러므로,
내 방,
오직 당신만을 향해 열린 구조물.

그러나,

나는 좀 더 완강한 벽을 꿈꾼다.

목소리도 음식 냄새도 한숨 소리도

침투하지 못하는, 더 먼 곳으로

떠날 날을 꿈꾸던 시절도 이젠 지났다.

그런 건, 날개가 갓 자라난 새들,

혹은 먼 바다로 떠나야 하는 연어들이나

가능한 일이다. 그들에겐

애초 몸담을 주머니가 없었으므로.


그러나 밤이 오면,

주머니와 몸의 아슬한 간격이

더욱 신경 쓰인다.

낡은 뼈의 삐걱거림도,

점점 좁아져 숨이 가쁜 이 공간도.


　너는 젊고 건강하지만 세상은 여전히 무섭고 컴컴해,
비록 내가 네 나이 때 너를 낳았지만. 아들아, 밤마다 너
의 이마를 짚고 눈을 마주한 채 사랑한다고 말해 줄까. 무
서운 마녀에 대한 이야기가 담긴 동화책으로 너의 용기를
시험해 볼까. 컴퓨터 게임 속에서 잠깐만 나와 옛날의 잇

몸 없던 웃음을 보여 주겠니. 이가 자라듯 용기도 자랄 수
있다고 믿은 내 탓일까. 네 체온과 부피가 빠져나가 텅 비
어 늘어진 가죽을 질질 끌며 산다는 건 내게도 역시 두려
워. 그러나 내가 너무 일찍 네게 두려움을 알려 준 걸까.
언제쯤 너와 기쁘게 이별할 수 있을까.

　　이 주머니 속은 혼자도 너무 많은 것 같아요.
　　더 이상 자라서는 안 돼요.
　　수음이 아닌 성교도
　　이 주머니 안에서 할 수는 없을까요.
　　어머니, 이곳에 나의 무덤도 만들어 주세요.
　　무두질한 붉은 귀와 단단한 눈꺼풀로 질끈,
　　벽을 만들어 주세요.
　　세상의 독촉이 더 이상
　　이 안으로 스며들지 못하도록,
　　기꺼이 당신의 뱃가죽을 단련해서
　　단단한 봉분을 만들어 주세요.
　　나의 자궁이자 무덤, 당신.

●혼자도 너무 많은 것 같아: 백석의 「남신의주유동박시봉방」에서.

# 대형 마트의 사회학

우리는 각자 배정된 자리에서 상품과 함께 웃음을 판다. 매일 오전 9시 30분 배당된 매대 앞에서 체조를 하고 우리는 '고객님, 무엇을 도와 드릴까요' 미소 띤 얼굴로 외친다. 웃음이 곧 마트의 얼굴이고 브랜드 경쟁력이라고, 전국 수십여 개 매장이 캐러멜에 그려진 소년의 얼굴처럼 동시에 웃는다. 그렇다. 고객은 왕이다. 선입선출(先入先出)의 원칙에 따라 새로 들어온 유제품들을 깊숙이 숨겨 두며 우리는 웃는다.

그러나 왕들에게 우리는 보이지 않는다. 그들은 바코드가 새겨진 것들에만 주목하니까, 나무가 스스로를 설명하지 않듯 우리가 그곳에 서 있다는 것만으로도 삶의 이력이 빤히 들여다보이므로 아무도 우리를 주목하지 않는다.

왕들이 맨손으로 맹수와 싸운 기록은 없다. 그들은 적당히 온순한 야생의 동물들을 향해 활을 겨눌 뿐이다. 우리의 왕들은 신용카드를 들고 아이를 실은 카트를 끌고 다닌다. 그들은 어쩌면 마트가 들어서면서 가파르게 상승한 집값에 대한 보답으로 이곳을 찾는지도 모를 일이다. 그러나 왕들이 왜 최저가와 원 플러스 원의 함정에 빠져 마트를 찾는지는 우리도 모른다.

　왕들은 그들의 동네 슈퍼나 철물점에서 이웃이 되는 대신 이곳에 와서 왕이 되었다. 그들은 예전과 달리 날것 대신 가공품을 사냥한다. 언제부터 왕들이 이렇게 많아졌는지, 손님은 왕이다라는 말의 유통기한이 언제까지인지는 아무도 모른다. 그러나 어쩌면 긴 계산서를 받아 들고 고개를 갸웃거리거나 한숨을 쉬는 저들은 왕이 아닌지도 모른다.

　이곳을 그만둘 때 우리는 유니폼 대신 웃음을 먼저 벗는다. 우리에게서 웃음이 사라질 때는 이곳을 그만둘 때뿐이다. 우리가 밀려나는 때는 선입선출의 원칙 따윈 없다. 우리의 이웃 중 누군가가 이곳에 와서 웃음을 대신할 것이다. 왕들은 우리를 본 적이 없으므로 우리의 교체를 눈치채지 못한다. 분명한 것은 그들 중 누군가가 이 자리를 대신한다는 점이다.

# 외상 후 스트레스 장애

이상한 겨울이었네.
이상 고온으로 일찍 핀 꽃들은
당황하며 녹아내리고
포클레인의 기계음에 짐승들은
축사의 한구석으로 겨울 볕처럼 숨어들었네.
모든 일은 은밀하게 이루어졌네.
전염병은 노련한 우체부처럼
두 발굽의 동물들만을 찾아 방문했고
뉴스에서는 연일
가축들의 안전선을 확인시켰지만
탄식은 뒤늦은 방역처럼 곳곳에서 터져 나왔네.

밤을 틈타 모든 것이 이루어졌네. 살육은
최대한 단순하고 은밀하게 진행되었네.
중계는 생략되고
숫자들만 무감각하게 점점 불어났네.
컴컴한 어둠 속에
가축들의 축축한 울음소리만이
마블링처럼 깊숙하게 새겨졌네.
달조차 보이지 않는 밤이었으므로

구름이 마음 여린 달의 눈을 가려 주었네.
유난히 구름의 몸이 뜨끈하게 젖은 밤이었네.

목격자들이 간혹 있었고
그들은 목격담을 눈물로 대신했네.
가쁜 숨결의 끝에선
구토의 여운이 남아 있었고
두 눈 있는 자들은
장님이 되고 싶었다고 했네.
두 귀 있는 자들은
귀머거리가 되고 싶었다고 했고.
작업등 아래 깊은 구덩이 속에
가축들은 순서대로 차곡차곡 포개졌네.
살아서도 죽어서도
너른 들판에서 뛰어논 적이 없었네.

항생제 대신 직감이
적당한 순간에 발휘되어
살과 살을 맞대고 울부짖었네.
그들이 부르는 이름을

알아듣는 자들은 없었네.
공포가 찾아왔을 때는
이미 늦은 때라는 것만이
확실했을 뿐.

현장에 있었던 관계자들은
모두 외상 후 스트레스 장애라는
병명을 진단받았고,

이듬해 봄날,
매몰된 기억의 저편에서
그 겨울의 영상이 불쑥 튀어나왔을 때
눈물이 침출수처럼 예고 없이 솟구쳤다.

## 서커스

아직도 믿는가.
고단 없는 아름다움을. 불우가 결여된 화려함을.

어린 견습생들이
손가락을 제물로 바치고서야
간신히 빠져나올 수 있었던,
어린 소녀들이
죽음을 통해서만 고단한 삶으로부터,
폭격으로부터 해방되는,

친구의 하나뿐인, 착한 오빠가 자살을 하고
신고를 받고 출동한 또 다른 친구가
그 시신을 수습하게 하는 이 세계를.

그리고 당신의 자리가
무대가 아닌 객석일 것이라는 착각을.

# 붉고 슬픈 홈런

다른 모든 가정은 접어 두고,

오직 당신들의 욕정이
나를 태어나게 했다고, 나는 믿어.
태어나는 순간의
기억이 없다는 건, 다행일까 불행일까.
늘상 내 몸 어딘가에 남아 있던
엄마의 손자국으로만 아버지의 얼굴을 떠올려.
아버지가 떠나기 전
난폭한 욕설처럼 엄마의 몸에 남긴
시커멓던 멍 자국을 떠올려.

사람들의 눈빛은 두 가지뿐이야.
동정과 악의,
그래서 나는 의심과 미움을 먼저 배웠지.
처음에는 다들 곤충으로 시작한대.
곤충에게 고통이 없다는 건
다행일까 불행일까. 하지만 확실히,
고양이의 울음이
아기의 울음소리와 비슷하다는 건

마음에 들어.

고양이의 머리는 야구공보다는 덜 단단해.
그것이 고양이의 불행.
머리는 절대 때리지 마세요.
못된 생각이 자꾸만 새어 나오는 것 같아요.
말이 없다고 생각이 없는 건 아니죠.
오히려 단단하게 반죽되어 있던 분노가
재빨리 몸속에서 부풀어 올라요.
숫자는 즐거워. 하나. 둘. 셋. 넷. 다섯.
그리고 여섯.
여섯 등분이 가장 적당해.
김치냉장고는 여러모로 유용하지.
용량은 클수록 좋아.
쓰레기봉투에 팔과 다리와 몸통과 머리를 담아서
꽁꽁 얼려 둘 거야.
봄이 오면
곱게 믹서기로 갈아
그늘진 화단에 나눠 묻어야지.
엄마의 마지막 얼굴 같던

핏기 없는 자작나무를 그 위에 심을 거야.
부모의 시신을 야산에 유기하는 건,
못된 아이들이나 하는 짓이지.
혹시나 설화처럼
붉은 잎이 무성하게 자란다면
치뜬 눈을
영영 잊지 못하겠지만.

사춘기란
울음이 분노로
레벨-업이 되는 시기라고 생각해.
그래도 키가 더 컸으면 좋겠어.
악력은 악수할 때만 과시하는 것이 아니야.
손이 크다면 목을 조르기에 더없이 좋지.
야구는 정말, 유용하고 훌륭한 스포츠야.
배트를 집 안에 두어도
아무도 의심하지 않지.
이럴 줄 알았으면 검도를 배울 걸 그랬어.

어머니, 메뚜기의 뒷다리, 날개가 뜯겨진 잠자리, 잘린 고양이의 머리, 나의 마지막 홈런볼, 나를 키우는 대신 내 안의 미움을 우량아로 키운, 나를 낳아, 내가 사랑할 수 없는, 나의 어머니.

# 지네

습한 이별 후 매일 밤 분절하던 마음이
이토록 많은 다리와 지독한 근시로
납작하게 엎드려 세상을 더듬거리도록 만들었습니다.

여전히 아름다운 자에게는 구원이 없으므로.

# 헨젤과 그레텔

아이들은 혼자서 집으로 돌아오지 못한다.
똑같이 생긴 몇 개의 신호등과
프랜차이즈들만 늘어선 길 위를 지나왔으므로.

부모들은 아이들을 버려두고 왔다.
초콜릿과 과자 대신
영어와 수학, 태권도와 피아노가 범벅된
간판의 숲 속으로
아이들은 정성스럽게 실려 운반되었다.
알록달록 희망의 빛깔로 채색된 봉고차는
정해진 시간과 스케줄에 따라
아이들을 싣고 내렸다.
그곳의 마녀들은
흰 뼈처럼 여윈 답만 요구했다.
조금 더 간결하고 논리적이며
군살 없이 매끈한 답안들.
확실히 그곳에는
웃음보다는 침묵이 많았고
그곳에서 아이들은
생각하는 법보다

생각 없이 저녁까지 버티는 법을 배웠다.

하교와 귀가가 같은 아이들은 주위에 없어요.
집은 근처에 있지만 언제나 멀리 돌아서 가야 해요.
아이템을 줍느라 헤매는 게임처럼 숲 속에서
반드시 몇 개의 레벨을 거쳐야만 집으로 갈 수 있죠.
엄마는 언제나 멀리 있어요.
간식으로 먹다 버린 파리바게트의 빵가루라도
오는 길에 뿌릴 걸 그랬어요. 하지만
저는 노란 봉고차를 타고 왔어요.
빵가루 따위는 아무 쓸모없죠.
우리를 노리는 어른들이
전자발찌를 차고 구석구석 숨어 있는 도시에서
봉고차만큼 안전한 건 없어요.
엄마는 현명하죠.
음흉한 눈빛들로부터 나를 지키기 위해
이곳으로 보낸 거예요.

그리고 엄마는
나를 이곳으로 보내기 위해 하루 종일 일을 해요.

언제나 휴대전화 저편에 있죠.

그리고 나보다는 학원 선생님과 더 많은 통화를 해요.

칭찬은 학원 선생님의 평가에 붙는 이자 같은 거죠.

그러나 가끔은 헷갈려요.

내가 집에 없어서 엄마가 일하는 건지, 아니면

나를 이곳으로 보내기 위해 엄마가 일하는 건지.

어쩌면 엄마는 휴대전화 속에 있는 편이 차라리 나을지

몰라요.


부모들은 여전히 숲 밖에 있고

아이들의 안전을 확신한다.

상처 없는 영광이 어디 있겠냐며

무사히 숲을 빠져나올 것을 믿어 의심치 않는다.


헨젤, 모두 널 위한 거야. 그레텔, 너 때문에 내가 얼마나

고생하는지는 알지?


점점 아이들은

졸음으로 무거워진 머리를 꾸벅거리며

숲의 반대편으로 자꾸만 향했지.

절벽 쪽으로 행렬을 만들어 갔지.
숲과 집 어디에도 갈 곳은 없었으므로.
그 사이, 절벽 아래에는
공동묘지가 만들어졌지만 다들 침묵했지.
내 아이의 순서가 돌아오지 않은 것을
다행으로 여기며. 그리고 어쩌면
그 무덤이야말로 살아남아 돌아올
내 아이를 영웅으로 만들어 줄 거라고
굳게 믿었지.

아이들은 책가방의 모서리처럼 닳아
다시 봉고차에 실려 잠들었다가
현관문을 열고 들어오는 순간
불현듯 잠에서 깨어나게 되지.

마귀할멈은 어쩌면 처음부터 숲 밖에 있었는지도 몰라.
마귀할멈이 엄마의 얼굴을 하고 있다는 소문은 진짜인
지 몰라.
모든 동화는 어두운 숲 속을 가리키지만
그건 우리를 속이기 위한 속임수였을 뿐.

엄마의 다정한 목소리만 흉내 내는,
고개 돌릴 줄 모르는 벽화 같은 엄마가 살고 있는,
어쩌면 이곳이 진짜 마귀할멈의 집이 아닐까.
햇빛을 피해 밤에만 출몰하는
얼른 내가 자라기만을 손꼽아 기다리는,
낯선 엄마가 살고 있는. 도망쳐야 할 곳은

바로 여기야.

# 소음 보청기

　무슨 일로 오셨나요? 아, 환청에 시달린다구요, 어떤 환청인가요? 기계음이요? 혹시 생산직 근로자, 아니면 운수 노동자시던가? 역시 그렇군요. 요즘 유행하는 환청입니다. 일단 제가 말씀드리고 싶은 건 완전한 치료가 힘들다는 겁니다. 그러니 피로 회복제를 드시는 게. 아니, 피로 회복제가 환청을 치료한다는 건 아니구요, 일터에 계시는 시간을 늘려 주시면 아무래도 환청을 느끼시는 시간이 줄어들겠지요. 아니면 수면제를 처방받으시던가.

　아, 그렇게 화는 내시지 마시구요, 그렇다면 제가 선생님 같은 분들을 위한 보청기를 소개하지요. 소음 보청기라고 들어 보셨나요? 일정한 소음을 발생시키는 보청기를 평소에도 착용하시면 우리 귀가 소음을 당연한 걸로 받아들인다는 거지요. 왜 살면서 약간의 슬픔이나 부당함 등은 당연한 것으로 받아들이고 사는 것처럼 말이지요. 그래요. 똑같은 겁니다. 농담 같은 얘기지만 이렇게 철학적 마인드로 만들어진 의료 기기는 드뭅니다. 미노타우로스가 살고 있는 미궁 들어 보셨지요? 아, 미놀타는 카메라 브랜드구요, 지금은 망했지만요. 아, 얘기가 옆길로 샜네요. 미궁은 도저히 빠져나올 수 없는 미로 같은 거죠, 그런데 이

미궁을 빠져나오려고 하면 오히려 미궁 속에 갇혀 버린단 말씀이에요. 아, 이제 제 말을 이해하시네. 그러니 미궁을 일상적인 공간으로 받아들이면, 즉 미궁 속에서 아예 먹고 살면 미노타우로스의 밥이 되진 않는단 거죠.

그러니, 제 말은, 소음을 거부하시지 마세요. 이를테면 당신은 층간 소음이 존재하는 5층과 6층 사이에 존재한다고 생각하시면 돼요. 모든 일은 마음의 문제죠. 예, 예, 그럼 소음 보청기를 하나 처방해 드리지요. 경과를 지켜보고 치료의 지속 여부를 결정하겠습니다. 아, 그런데 하나만 기억하세요. 소리 없는 세상은 없잖아요, 그러니 진심으로 충고하건대 소음과 친해지십시오. 소음처럼 들릴지 모르겠지만, 그러면 안녕히 돌아가시길.

## 52-hertz whale

너희는, 오랫동안 나를 두고, 나의 언어를 두고,
독백이라고 했다. 진화가 덜된 목소리라고도 했다. 그
래서,

*내가 이상해?*
네가 사라져야 비로소 밤은 찾아왔다. 장국영이 죽고서
야 벚꽃이 떨어졌듯이. 목소리를 묻어 버리는 목소리야말
로 대낮처럼 폭력적이야. 대부분의 낮을 나는 열대우림의
나무처럼 얇은 목피 속에서 침묵하지. 끈끈하고 불쾌한 습
도를 참아 내며 서 있어도 평범의 바깥에는 다른 평범함이
서 있을 뿐 내가 있을 곳은 어디에도 없어. 시청률과 조회
수와 판매량의 반대편으로 향하는,
*내가 이상해?*
주파수가 혼선된 해적 방송 같아? 단 한 번도 밤이 푸
르지 않았던 너희는 아침의 채도를 몰라. 일조량에 따라
조건반사로 벌어지는 꽃송이처럼 떨어질 날들만 기다리
는 것은 아니지? 나는 파미르의 이방인, 지극히 관조적이
고 낯선. 너희는 나와의 교집합을 강요했지만 나는 합집
합을 떠올리지. 단 한 번도 너희를 배제하지 않아. 하지만

*아무도 들을 수 없어야 나는 마음껏 말할 수 있어. 내가
이상해?*

서로 다른 부력이 없었다면 우리는 모두 심해의 생
물이 되었으리. 시가 없었다면 우리는 괴물이 되었으
리. 수중의 두터운 물살을 헤치고 나아가는 나의 울
음은 아무도 들을 수 없다고 했다.

처음부터 이해의 방식이 잘못되었던 거야. 내 신음과
웃음도 구별하지 못하던 당신들이… 내 소리만을 갖고 나
를 이해하려 했던 진인함이…

*너희는 왜 알아듣기 싫은 말만 하는 걸까. 내가 이상한
거야?*
일을 하다가 고개를 들면 말이야, 책상 칸막이 너머로
모조리 정수리만 보여. 그게 너무 무서워. 일종의 환공포
증일까. 도대체 성실이라는 말 속에 울림이 있다고 생각
하는 거야? 성실은 착취의 풀메이크업 버전이야. 애국은
매국자가 선점해 버리고 진실은 위선자의 무기가 되고 있
어. 오히려 거짓이라고 발음의 음장 속에 진실은 숨어 있

어. 숫자와 탐욕이, 행간과 절실함이 서로 같은 헤르츠를
공유한다고 믿어. 이런 내가

*이상해?*

●52-hertz whale: 일반 고래와 달리 52-hertz로 소리를 내어 의사소
통을 할 수 없는 외톨이 고래.
●내가 이상해?: 가수 이하이의 노래 중에서.

44

제2부

# 마더

외딴 공터에서 개들이 자주 타살되었다.

골목 끝에서 고양이의 시신이 훼손된 채 버려졌다.

눈물이 그치기도 전에, 유족은 반드시 한 번 더 울렸다.

우리는 비로소 참담할 수 있었다.

한번 개봉된 용서는 재사용되지 않는다.

이제,

태양계의 행성 중 하나가 사라질 차례.

# 흡혈귀의 시간

나는 밤을 편애해,
낮은 모르는 편이 차라리 나아.
밝고 환한 나의 고성(古城), LG25의
간판에 불이 들어오는 동안만
나는 일어날 수 있지. 당신과 나 사이의 말들은
바코드 인식기를 통해서 번역될 뿐
어떤 다정한 인사도 필요 없어.

그것이, 우리가 평화롭게 공존할 수 있는 이유.

밤이 깊어 가면
술에 취해 가슴을 풀어 헤친
흉폭한 늑대 인간과
미처 인간이 되지 못한 구미호가
번진 루주 자국처럼,
핸드백 속의 헝클어진 소지품처럼 루즈해져
이곳으로 모여들고,
망토 대신 걸친 내 조끼에
토사물이나 라면 국물이 튀기도 하지만
당신들에게 나는 루저,

피를 빨 듯 웅크려 걸레질을 하지.

간혹 위기의 순간도 있어.
십자가나 마늘 대신 칼을 든
마스크와 모자로 초조한 얼굴을 숨긴
소심한 야수가 뛰어들기도 하지만,
원하는 것만 전해 주면 그뿐,
조숙한 소년들에게 모른 척
미성년자 판매 불가 상품을 내밀 듯이,
그뿐이지. 사실 이곳에서
나는 아무것도 지킬 수 없지만
간판에 불이 꺼지는 일도
내가 없는 순간도 없지.

12시가 넘어가면
인간이 먹지 못하는 것만 허용된 내 몸은
유통기한이 갓 지난 삼각김밥과
샌드위치와 우유를 골라
송곳니를 감추고 처리하지.
사랑은 끼리끼리 하는 거라

설렐 일은 내게 없고
가끔 소녀들이 번호를 물어 오면
그저 웃음으로 대답하고 말지.
비겁한 남자 친구 때문에
콘돔을 훔치던 소녀를 잡은 날은
나도 연애할 수 있을 것 같았지만
사랑에 필요한 낮이 허락될 리 없지.

두 다리로 뛰어다닐 일이 없는 나는,
새벽이 되면 천천히 집으로 돌아가
암막 커튼을 치고 자리에 눕지.
당신들이 일어나는 시간에
햇빛을 피해 잠들어야 하지.
술도 마시지 않았지만 밀크씨슬이 필요한 아침,
봉지가 뜯겨진 웨하스처럼
습기에 약한 내 몸이 손쉽게 눅눅해지면
슬픔이 찾아오기 전에
서둘러 수면제를 삼키고
관 속으로 몸을 밀어 넣지.

서둘러 늙지 않는 몸이 서러워
두 다리를 나란히 접은 채,
마치 시력을 잃고 악력만 남은 박쥐처럼.
당신들의 환한 대낮을 피해, 그렇게.

● 사랑은 끼리끼리 하는 거라 설렐 일은 내게 없고: 혁오밴드의 노래
「위이위잉」 중에서.

# 클라인 씨의 병

어머니,
유리병의 바깥에 응결되는 결로는
결국 안에서 만들어진다는 걸,
왜 미리 말하지 않았나요.
바깥에서 맺혀 흐르는 울음이 사실은
내부에서 비롯된다는 것을.


어이, 목덜미가 새하얗고 예쁜 아가씨, 어때, 오늘 하룻밤 함께 보내는 게. 그러나 이 병 속으로 들어오려고는 하지 마. 유리 구두를 벗은 신데렐라의 생략된 최후에 대해 당신은 듣게 될지도 몰라. 재투성이를 벗어난 엘라가 이미 먼저 들어와 살고 있지. 불행에서 벗어나는 순간 다른 불행을 만나게 되는, 아무도 들려준 적 없는 끔찍한 결말을 내가 들려주게 될지도 몰라. 당신이 살고 있는 디즈니의 세계에서 벗어나 이곳에 들어온다면 들어오자마자 빠져나갈 길만 찾다가 결국 내 엄마 같은 노파가 될지 몰라. 내 어머니 같은, 마귀할멈 같은. 이곳의 완력이란 실로 무지막지하지. 극장 바깥의 환한 대기처럼 모조리 그 속살까지 까발려 버리지.

이곳을 나가기 위해서는
내부로 깊이 들어가는 방법밖에는 없어.
어쩌면 그럴 용기도 없어
내부로 향한 입구에 매달린 채
평생을 살아가야 할지도 몰라.
흘러넘쳐도 결국
되돌아와야 하는 곳이라는 걸
아무도 알려 주지 않을 테니.

알려 줘도 어쩔 수 없을 테지만.

그러나 어머니 당신은 왜 이곳으로 나를 쏟아 낸 걸까요. 어스름보다 한 발 늦게 울려 퍼지던 당신의 목소리와 무릎이 헤진 바지, 발목을 드러낸 채 집으로 향하던 더러워진 신발. 사포 같은 손을 쓸어내려 내 몸을 더듬어 주던 아버지는 빚도 재산이라는 낙천적 믿음을 심어 주셨죠. 어머니 당신은 왜 그렇게 서툴렀을까요. 사람들이 나더러 장남이라 그런지 어딘가 어둡대요. 사실 말수도 적고 조심스럽죠. 당신이 빠져나가지 못하면 나 역시 빠져나갈 수 없죠. 연좌제는 차라리 나았어. 아버지의 고엽제 후유증처럼 다시 손바닥이 붉어지고 있어요.

　벗어나기 위해서는 안으로 들어와야 한다. 그러나 안으로 들어온 자는 절대 빠져나갈 수 없다. 월남전에서 아버지가 난사하던 M60의 탄피처럼 후두둑, 저는 뜨거운 몸을 헐떡거리죠. 이럴 바엔 차라리 라이따이한이라도 될 걸 그랬어요. 습기에 바랜 사진 속 아버지를 닮은, 저녁마다 울컥거리는 근육이라도 키울 걸 그랬어요.

　그러나 지금은 후텁지근한 한숨의 체중만 묵묵히 견디고 있어요.
　채무보증의 기한이 끝날 증발의 시간을.

# 토이 크레인

퇴근길의 나를 늘상 기다려 주는 건,
이 거리에서 오직 당신뿐,
기다림의 목적이 내 지갑이어도 좋다.
메이드 인 차이나 라벨이 달린 인형을
한 아름 안은 채 나를 불러 세우는,
상냥한 기계,

당신은,

남성의 팔과 여성의 목소리를 갖고 있지만
당신의 젠더 따윈 아무 상관없이.
사장은 수금의 순간에만 나타나
당신의 팔뚝에 근육 이완제를 칠해 두고 가지,
그걸 아는 사람들도, 모르는 사람들도
자신의 불운을 탓하기보다는
당신을 탓하며 발길질을 하지만,
누구나 알고 있지,
당신은
발길질을 위해 그곳에 세워진 것이라는 것을.
당신의 손이 헐거워질수록,

INSERT COIN은 더욱 자주 점멸하고,
동전이 지폐로 인플레이션되면서 당신의
내부는 더욱 호화로워지지만
애초부터 주먹을 쥘 수 없게 설계된 손,
오직 덜렁거리는 관절과
손아귀의 힘으로 버티는
끔찍한 세상 한 켠에서도
변함없이 취객들을 향해 점멸하는 당신.


나의 장애는 유용합니다.
제대로 움켜쥘 수 없으므로 유용합니다.
그러므로 내 손은
쓰다듬기에 유용합니다.


그렇게 자신만만한 표정은 짓지 마,
내 앞에 서 있는 것만으로도
당신의 삶은 너무나도 빤히 들여다보여.
겉만 그럴듯한
중국산 장난감에 현혹된 건 당신이잖아.
처음부터 내 손은 용도가 다르게 설계되었지.

움켜쥐는 것보다는 놓아 버리는 것에 익숙한,
잦은 이별에는 이유가 있는 법이에요.
사실 내 속엔 제대로 된 것이라곤 없어.
그러니 당신의 믿음을 절실하게, 반듯하게,
홧김에 밀어 넣는 대신, 당신이 들어오세요,
따뜻하게 쓰다듬을 수 있게 해 주세요.
내 유용한 손으로 말이에요.

에필로그. 2016년 10월 18일 새벽 술에 취한 채 인형을 뽑으려던 20대 여성이 인형 뽑기 기계의 좁은 출구로 들어갔다가 빠져나오지 못해 지인의 신고로 출동한 소방 당국에 구조됐다.

# 키위, 혹은

  지금 둘이 살기도 빠듯하고 힘든데 애를 낳으면 어떻게 해요? 애는 누가 키우구요? 우리가 뻐꾸기처럼 다른 새의 둥지에 알을 낳는 것도 아닌데, 친정엄마도 아프고 시어머니도 질색이신데, 지금도 아파트 대출 원금은커녕 이자 갚기도 힘이 든데 아기를 낳는 순간 직장에서 잘릴 게 뻔한데 당신이 벌어 오는 고만고만한 월급으로 세 식구가 어떻게 살겠어요. 그리고 무엇보다 아이에게 우리의 삶을 온전히 물려주기는 싫어요. 제발 날개가 퇴화되기 전의 우리 부모들과 우리의 삶을 동일시하지 말아요.

  여기서 한나절을 꼬박 날아가면 닿게 되는 뉴질랜드에는 날지 못하는 새가 있다지. 제 이름을 스스로 부르는 새라는데, 키위 새는 날개를 쓰지 않다가 끝내 날개가 퇴화되어 손톱만큼도 날지 못하고 땅 위를 걸어 다닌다지, 그러다가 물려 죽거나, 제 몸의 4분의 1이나 되는 알을 낳다가 대부분 죽는다는데, 혹시 순산을 하게 되더라도 평생을 날개 없이 걸어 다녀야 하는 숙명을 물려주어야 한다는데, 키위 새가 사는 법은 알을 낳지 않은 것, 그리고 알을 낳지 않기 위해서는 짝짓기도 하지 않는 것,

우리처럼.

# 모나미 153

나는 어디에나 놓여 있어서
사라져도 눈치채지 못하지
누구나 한 번쯤
나를 철 지난 외투의 주머니에서
발견한 적이 있을 거야
당신의 몸 어딘가에는
치매의 유전자가 숨어 있어서
자주 수용성의 잉크로 쓰여진
드러누운 기억들이 번져 가곤 하지
그렇다고 제발 내 머리를 꾹꾹 눌러 대지 마
노 서프라이즈,
내 생각을 한 번도 써 본 적이 없는 나는,
육화된 기억의 복사기,

제길, 나는 쓸모가 없는 사람이지만 이렇게 쓰이고 싶
지는 않았어. 나는 쉽게 길들여지지 않지만 나를 끝까지
길들여 본 사람들도 드물지.

내 몸을 만졌던 당신의 손은 나를 잊을 수가 없을 거야.
꾹꾹 눌러썼던 주민번호처럼, 전화번호처럼, 주소처럼.

낯선 필기구의 촉감에서 느끼는 당혹감은 모두
내 육각의 외피에서 비롯되지.
육각의 나는 함부로 몸을 굴리지 않아,
내가 선물한 펜혹은 여전히 잘 지니고 있는 거야?
조금만 신경 써서 내 안을 들여다본다면
반투명의 심지 속에
당신을 위해 남겨 둔 힘이
통장 잔액처럼 선명하게 보이지
난 그래, 지나치게 솔직하지, 적어도 나에 대해서는.
그런 내가 사라진다면 그것은 오롯이
당신의 부주의가 그 이유,
번번이 서랍은 왜 뒤져?
당신의 생각을 적는데 왜 내가 짙은 잉크를 흘려야 할까.

당신들이 나를 위해 남겨 둔 하기 싫은 일들이 세상에
넘쳐나는 것 같아. 거짓을 기록하기 위해 씻기지 않는 내
잉크를, 내 몸을 함부로 빌리지 마. 제발.

# WELCOME JUICE

　할로, 웰컴, 꼬레안. 저도 그곳에 가고 싶어요. 하지만 꼬레아는 늙거나 몸이 불편한 신랑이 많은 곳이랬어요, 돈 노 앵그리 플리즈, 당신은 이곳에 웃기 위해 왔잖아요, 그곳에서 적립해 온 웃음을 여기서 마음껏 풀어놓고 몇 장의 사진에 박아 넣어 가겠죠. 그래요, 이곳의 풍경은 근사하지만 제 동생은 당신의 윗옷에 그려진 흰 꽃만큼 큼지막한 희망을 가지고 작년에 떠났죠. 당신들은 겨울을 피해 이곳으로 오고 우리는 여름을 버리고 흰 겨울 속으로 들어가요, 당신들은 이곳으로 놀러 오고 우리는 그곳으로 일하러 가요. 이촌향도의 상행선 같아서, 돌아오는 것도 쉽지는 않아요, 쉽게 우리를 놓아주지 않죠, 불법체류자는 여러모로 유용하니까요, 놀라운 일은 아니에요. 글로벌 시대잖아요. 필요가 이동을 만들어 내는. 오, 플리즈, 웰컴 주스 한 잔 드세요, 그곳에는 웰컴 주스가 없잖아요, 열대 과일이 없어서만은 아닐 거예요. 그리고 있다 해도 우리를 위한 것은 아니잖아요. 그곳에서도 우리는 서비스를 해야 하니까. 밤이 손등보다 어두워져야 일터를 벗어나 거리로 나갈 수 있겠죠, 거리에서도 우리는 이방인이에요, 게이와 우리 중 누가 더 싫은가요, 리바이스와 나이키를 입어도 당신들의 곁눈질은 달라지지 않아. 우린 단지 당신들 중 누군가를 대신해서 무시당하기 위해 그곳으로 가죠, 큰 눈은 더 많은 슬픔을 담기에 적절하대요, 그러나 지금보다 더 많은 슬픔은 사양하겠어요, 아무리 각오를 하고 가도 익숙해지지 않는, 저기 세부의 바닷가 위로 솟은 높은 담벼락 위의 노을처럼 손쉽게 붉어져 출렁거리는 삶? Oh, No, Yeah.

# 새장

여자는 울음이 늘었지만
점점 서툴게 울었다.
울음은 절대 능숙해지지 않았다.
그때마다 금빛 새장 속의 앵무새는 소리쳤다.
*잠을 자고 싶어. 잠을 자고 싶어.*
새장 안에서 새장을 지키는 여자.
흔한 날들이었지만 그래서 더욱,
좀처럼 쉽게 저물지 않았다.
서로 다른 곳에서 자란
호박과 양파를 넣고 끓여도
맛은 변하지 않는 된장찌개처럼
여자의 날들은 점점 엇비슷해졌으므로.
앵무새는 소리쳤다.
*너는 누구지, 너는 누구였지.*
발목에 붉은 실로 묶인
서신을 나르고 돌아오는
지친 전서구처럼, 여자는
날마다 달라지는 바람의 결을
날개에 묻혀도
언제나 같은 자리로 돌아왔다.

그때마다 앵무새는 소리쳤다.

너는 퇴화하고 있어. 너는 퇴화하고 있어.

축 처진 뱃살을 좀 보라구.

부스스한 머리는 청소할 때나 쓰라구.

엇비슷한 슬픔들은 많지만 같은 슬픔은 없다.

나를 즐겁게 해 줘. 좀 더 따뜻한 공기가 필요해.

이 축축한 기저귀 좀 얼른 갈아 줘.

햇빛에 반사된 반짝이는 빨강색을 보고 싶어.

네 쓸모는 그뿐이잖아.


      포란의 계절은 왜 이토록 까끌거리고 두터
      운 걸까.


기다리다 보면,

인생의 어느 한 순간은 빛날 줄 알았어.

포트메리온 접시에 그려진

이국적인 화초 같은 날들이

한번은 올 거라 믿었어.

한밤중, 유달리 크게 들리는 울음소리처럼

수많은 아반떼 중에

그의 차 엔진 소리를 구분해 낼 만큼
청각만 기형적으로 발달하는
날이 올 거라고는 생각하지 못했다구,
하지만 창문을 열어 놓고
낮은 불빛 아래 그림자처럼 달라붙어
아무리 서성거려도 그가
점점 에둘러 오는 날들이 잦아질 줄은 몰랐어.

순간,

가장 많이 쓰던 마음에 작고 둥근 보풀이 일었다.

정리의 제1법칙⋯
가장 거추장스러운 것부터 치울 것⋯
보풀을 떼어 내듯 가볍게 버릴 것⋯
깃털처럼 가볍게 날려 보낼 것⋯
네 눈앞에 있는 것부터
단호하게⋯ 처리할 것!

# 누이의 방

누이는
반지하에 사람들이 산다는,
이곳보다 겨울이 먼저 유행하는
북쪽의 이상한 도시로 갔다.
누이의 뿌리가 얕았던 까닭이다.
다행히 누이의 방은 반지하가 아니었으나,
온전한 햇살에 대한 대가로
두 배의 방세를 지불해야 했다.
덕분에, 누이는
삶의 최저 하한선에서
1.9미터쯤 올라간 생활을 누리게 되었다.
반지하에 사는 자를
봉분처럼 덮어 주며 살게 된 셈이랄까.

이곳에서 나는
동경(憧憬)을 생활로 바꾸면서 살고 있어.
이를테면 상품권 환전과 같은 것이지.
액면가의 70퍼센트만 내 것이 되는 것.
내 마음속 동경이 모두 환전되면
나도 이곳 사람들처럼 내 방언을 잃고 살게 되겠지.

이곳에서는 모두 레고 블록만큼의 유대감만 갖고 생활해.

서로가 서로를 지탱하지만 깊진 않아. 그리고
결합과 해체도 손쉽지. 심플해.

걱정은 하지 않아도 돼. 이곳 사람들도
인사와 대화는 늘상 휴대하고 있고
내게는 표정을 가려 줄 마스크가 항상 있고
언제나 미세먼지는 나를 합리화해 주니까.

좀처럼 늘지 않는 살림도 내게는 고마워.

주말이면 평일과 다른 노선의 지하철을 타고
살 것보다는 구경할 것이 많은 쇼핑을 다니며
무표정으로 이방인의 흔적을 덮어 버려.

향수(鄕愁)는 이 도시에 살고 있는 사람들의
가장 저렴한 기호품이야.

이 도시의 어느 한곳에 자리를 잡는 순간,
가장 먼저 버리게 되는.

내년 봄쯤이면 나도
이 도시에 살고 있는 자들의 자부심을 달고
고향에 내려갈 수 있을까.

어쨌든 올 겨울엔 온기조차 빠져나가지 못하는

이 좁은 방에 감사하며 보낼 생각이야.
이곳의 겨울은 남쪽보다 길지만
이 방에서만큼은 내 삶이 습하지 않겠지.
햇살이 내가 지불한 비용만큼
내 슬픔을 잘 건조해 줄 테니. 그러니,
부디 걱정하지 말길.

# 목격담
―캣맘


　밤 11시, 세대의 절반이 불을 끈 아파트 구석의 분리수 거장, 불안하게 주위를 힐끗거리며 담배를 조급하게 빨아들이는 사내, 고양이의 가르릉거리는 소리가 묻히지 않을 만큼 조심스러운 발자국 소리, 황급히 담배를 비벼 끄고 돌아서는 순간 마주친 여자의 불안한 눈빛.

　어디선가 본 듯한 눈빛, 군대에서 첫 휴가 나와 터미널 안 충청도식당에서 군복 소매 걷어붙이고 급하게 순두부찌개 국물을 삼킬 때 슬며시 밥 한 공기 더 내밀던 식당 주인 여자의 눈빛, 제대하고 공사장에서 노가다할 때 함바집 젊은 여자가 왁자한 사내들 사이에서 손목 잡힌 채 건네 오던 다급하던 눈빛, 아는 사람인가, 어디선가 본 듯한 눈빛.

　한번 마주치면 얼굴은 잊더라도, 절대, 절대 잊을 수 없는 눈빛.

　밤인데도 푹 눌러쓴 모자를 애써 한 번 더 눌러쓰고 얼굴 없이 나무 옆 사기그릇 속에 동물 사료 한 움큼 쏟아붓고 가는 여자, 그리고 단 한 번, 자신과는 상관없는 일이라

70

는 듯 무심히 돌아보던 여자, 직사광선처럼 쏟아지던 삿대질과 욕설을 피해, 지켜보고 있을지 모르는 절반의 불 켜진 창문을 피해 황급히 되돌아가는, 침침한 달빛 아래, 캣맘, 모든 약한 것들의 착한 계모.

# 80년대식으로 말하다

구르는 돌에는 이끼가 끼지 않는다
라는 말 속에는
돌을 굴리는 자의 의도와
돌의 부식이
교활하게 생략되어 있다.

근면이라는 말은 그 얼마나 고단한가.

이 시대의 돌은,
젖은 자리에서 열심히 구르고 있다.
제 몸 덮는 이끼를 짓이기며
자신이 돌이라는 것도 잊은 채
몸을 던질 어딘가를 잊은 채.

# 이상 성애 강철 거인

불행하게도,
송전탑이,
사람을 먹고 자란다는 소문은 진실이었다.

강철로 조립된 거인은 노인 성애자였다.
그들은 도시에서 밀려나
노인들의 거주지로 스며들었다.
굵고 긴 케이블로 연결된
그들의 네트워크는 단단했고
늙고 아픈 자들의 자리만 골라 디뎠다.
그들은 도시에서 유배되었지만
도시를 향해 달리고 있었다.
여러모로 반갑지 않은 이웃이었지만
도시의 안전을 위해 송전탑은 바로
거기 있어야 한다고 했다.

비록 한 발짝도 움직일 수 없었지만
도시에서 밀려난 이 거인들은
합법적으로 서로의 몸을 묶고 서서는
늙고 아픈 자들만 불러들였다.

제복을 입은 자들이 갑자기
굽신거리며 나타나서는
거인을 데리고 사는 것이 어떻겠냐고
점잖게 권유했다.
이혼한 아들이 보내는 양육비처럼
금액은 들쑥날쑥했으나 제안은 꾸준했다.

도시로 떠난 자들의 빈자리는
언제나 도시에서 밀려난 것들이 재빨리 채웠다.
거인보다 지독한
권유와 욕설이 무서웠던
한 노인이 자살했을 때,
가족보다 빨리 제복들이 나타나
기자들의 질문에
성실하게 음독의 이유를 설명했다.

악몽이었으나
거인의 묘지가 될 자리는 이미 터를 잡았고
크고 아름다운 새 이웃으로 인해
어디에도 갈 수 없었다.

거인은 시체 성애자였다.

# 겨우살이
—박지연의 죽음에 대하여

아파서 석남사 가는 길,
죽음을 아득하게 쓸어내리며 가는 길,
줄지어 늘어선 침엽수들이
저들끼리 손을 부비며 보듬어 주던 길,
하늘은 높아
딛고 선 길이 더 까마득히 내려앉던 길,
나는 보았다.
나뭇가지의 어깻죽지에 매달린
작업등 같은 공중 부양
허공에 몸을 기대고
바람을 비껴 내는 악다구니의 삶을.

겨우살이,
달력의 마지막 장을
겨우겨우 견뎌 내는 삶.
뿌리를 가져 본 적이 없는 너는
최저생계비에 의탁해 기생하는 삶,
그러나 스스로 햇빛 머금어
생계를 꾸려 나가고
제 몸 부풀릴 줄 아는 삶.

기대어 살아가되 존재를 잃지 않는 삶.
마른 햇빛에 제 열매 툭툭 떨구어 줄 줄 아는 삶.
낮은 곳의 삶을 높은 곳에서 일굴 줄 아는 삶.

백혈병 같은 물을 내려,
23살의 여공 같은 창백한 물을 내려,
우긋하게 스며드는
한 잔의 차를 위안처럼 마시고 돌아서는 길.
그리고, 나는 보았다.
말라비틀어진 참나무 가지가
아슬아슬한 겨우살이 온 힘으로 받치고 있는 것을.
건강한 숲은 어떻게 서로를 배려하는지를.

# 닭가게 마사오

　우리는 오랫동안 마사오의 닭가게를 애용했다. 마사오는 요리보다 싸움에 능했으므로. 마사오가 이 마을에 등장하자 다른 닭가게들이 사라진 이유를 모두들 알고 있었다. 마사오의 조리실에는 군복을 입고 칼을 찬 젊은 시절의 사진이 걸려 있었으므로. 그리고 마사오의 닭은 그 어느 가게의 닭보다 컸으므로. 썬글라스를 낀 채 튀겨 내는 살찐 닭들은 사실 군화 밑창 같은 맛이었지만 매출이 떨어지는 날에는 마사오가 닭 대신 우리 중 누군가의 덜미를 채 갈 수도 있었으므로 우리는 뱉지도 못한 채 오래오래 우물거렸고, 이내 아이들은 용감하게 군가풍의 노래를 지어 불렀다.

　닭가게 마사오는 칼 찬 사나이.
　그 칼로 닭을 죽이는 게 아니지.
　그게 네가 되든 어때. 내가 되든 어때.
　닭가게 마사오는 칼 찬 사나이.

　핏물처럼 붉은 양념을 발라 판매하는 마사오의 닭은 칠면조처럼 큰 탓에 풍요로운 식탁의 상징이 되곤 했다. 사람들은 저녁마다 자신의 닭을 끌고 위풍당당하게 산책하

78

는 마사오를 위해 고개를 숙이곤 했다. 시간이 지나 마사오의 아내가 죽고, 마사오마저 죽었을 때 마사오의 냉장고에서는 닭 대신 냉동된 비둘기 고기만 가득 발견되었다. 그리고 집 안에는 마사오가 산책시키던 닭 한 마리만이 숨어 있었다. 고개를 꼿꼿이 든 채 마사오의 눈빛을 흉내 내며.

마사오의 오랜 단골들은 놀랍게도 마사오의 닭을 비둘기라고 믿기 시작했고 기꺼이 불쌍한 닭을 위하여 시중을 들었으며 마사오의 집은 새 주인을 맞이했다.

## 소문 배급소

확실히 예전에 비해
소문의 운송 시스템은 훨씬 간편해졌다.
휴대 기기의 발달은
소문의 확대재생산에 결정적 기여를 했다.
소문의 정보화로 인해
소문을 전문적으로 배달하던 자들은
일거리가 줄었으나 늘 그렇듯
수많은 웹사이트들이 그 역할을 대신했고
무선통신망은
소문의 유비쿼터스 시대를 열었다.
그럴듯함을 무기로 내세운 소문들이
연이어 개봉했고 대부분 흥행에 성공했다.

한때 소문은
열대우림처럼 무성하고 다채로웠다.
습도가 높을수록 소문이 잘 자란다는
사회학자들의 말은 사실이었다.
지난 몇 년 간
아열대성으로 변화하는 기후 때문인지
소문은 더욱 무성하게 자랐다.

의심의 자리에서 발아한 소문은
명아주만큼이나 그 뿌리가 깊었고
담쟁이만큼 순식간에 덩굴을 뻗었다.
소문은 마치
열매도 필요 없이 꽃 피는 식물 같아서
여기저기 꽃가루를 뿌려 댔다.

그러나 불온한 소문에 대한 검열이 강화되면서
소문의 서식지마다 그라목손이 뿌려졌다.
소문의 양과 질이 예년에 비해 떨어졌다고 전문가들은
분석했고
청소년 보호법에 의거해
소문에도 등급을 매겨야 한다는 의견도 있었다.
윗선의 전화를 받았다는 소문의 도매상들은
서둘러 가게를 접었다.

당국은 소문의 근원지를 전국적으로 수배했고
곧 한 사내가 체포되었다.
소문의 치부는
진실이 아니라 근원지라는 당국의 판단은 정확했다.

그의 학력과 출신이 까발려졌고
소문의 신빙성은 어느 정도 낮아졌다.
그러나 어차피 소문에게
신빙성 따위는 어울리지 않는 것이었다.
곧이어 진실을 알리는 당국의 발표가 있었지만
이상하게도 소문보다 더 믿을 수 없었다.

소문의 유해성을 입증할 수 없다는
법원의 판결이 있었지만
통제의 자리에 있는 자들은
소문의 유통 경로를 불법 다운로드로 간주했다.
소문의 편이 갈리고
반공영화처럼 제작된
소문을 전문적으로 유통시키는
아르바이트생들이 늘었지만
진짜 소문은
오프라인에서 여전히 성업 중이다.

제3부

## 사월 초파일

나이키 로고처럼 붉은 저 수많은 연등 아래,
빅맥더블버거처럼 두툼한 믿음을 담아
납작하게 엎드려 기도를 올리고 싶어진다.

가족의 안녕만을 위해 기도하는 당신들을 위해.

# 사상 검증

제겐 은행에 갚아야 할 빚이 있어요. 빚 있는 자에게 사상이란 사치죠. 저는 다만 글을 퍼 날랐을 뿐이에요. 주말에는 맥주를 마시며 EPL을 즐겨요. 물론 프로야구도 빼놓을 수는 없죠. 성악설은 옳아요. 인간은 모두 부도덕하죠. 성추행범은 모조리 사형을 시키거나 거세하는 것이 옳아요. 동성애는 자연의 섭리에 어긋나는 몹쓸, 성공한 쿠데타는 처벌할 수 없다는 말은 정말 명언이죠. 노조는 배가 불렀어요. 파업하는 귀족노조란 눈뜨고 볼 수가 없죠. 매년 임금 인상이나 요구해서 국가 경제를 파탄 내고 제 배만 불리고 결국 물가 상승의 주범이 되는 존재들이죠. 천안함은 북한의 짓이죠. 해킹도 하는데 뭐든 못하겠어요. 그러니 종북은 나쁜 거예요. 복지를 말하는 자들도 똑같아요. 일하지 않고 남의 것을 뺏을 궁리만 하는 빨갱이들이지요. 몽땅 잡아들여 독방에 넣어야 해요.

그러니, 제발 제가 싸질러 놓은 글들은 모두 잊어 주세요. 저를 법정으로 불러내지 말아 주세요. 교회에도 꼬박꼬박 나가겠어요. 모욕죄라니요. 국가보안법에 통신법 위반이라니요. 저는 결백해요. 전두환 만세라도 외치겠습니다. 제겐 아직 노래하길 좋아하는 어린 아들이 둘 있습니

다. 두 부모님 다 노쇠해요. 새마을운동은 한강의 기적이
자 불후의 업적이에요. 아무렴 사대강 사업도 그 정도의
업적은 아니죠. 그러니 제발 저를 풀어 주세요. 광복절마
다 풀려나는 특별사면자들처럼, 합리적이고 이성적인 사
고로부터 먼저 저를 풀어 주세요.

# 암각을 헛디디는 정오

깊게 파인 상처는 아물지 않는다.
상처의 바깥이 상처를 덮을 뿐.

갈판과 갈돌을 매만지던 거친 손으로 먼 바다의 고래를
옮겨 심는, 새기려는 자의 집요함과 바위의 집념이 대결하
는 시간, 멧돼지를 향하던 돌창을 놓고 점점 굳어 오는 손
끝으로 온몸의 근육을 팽팽히 당겨 버티는 바위를 사냥하
던 시간, 어둑서니가 먼 산에서 서서히 풀려나오면 달빛이
바위의 상처를 어루만지고 바람은 바위의 비명을 가만히
강물 위로 흩뿌려 주었을 것이다. 상처를 견뎌 낸 자의 견
고함에 산 그림자도 말석으로 밀려났을 것이다.

먼 농장의 귀 밝은 개들이 잠시 폭정을 흉내 내어 목청
을 달구는 오후, 뜨겁게 달궈진 쌍안경 너머, 먼발치에 놓
인 바위에 새겨진 요철을 더듬더듬 살피다가, 나는, 내 시
선은, 끝내 실족하여 바위의 굴곡을 지나 삶의 굴곡을 더
듬고 있었다. 요(凹)는 지워지지 않는다. 철(凸)이 닳아 요
를 닮아 갈 뿐.

*선배 연세대가 닫혔어요. 선배 같은 사람이 필요해요.*

88

선배는 수배 경력도 없으니 쉽게 들어갈 수 있을 거예요.

아른거리는 암각화 대신 대오의 선두에 서서 선명하게 목소리를 높이는 출입 금지 입간판에는 음영도 표정도 없다. 마치 정렬된 화이바처럼 전투화처럼. 멀리 가뭄으로 깡마른 대곡천만 여윈 어깨를 힘없이 흔들며 발소리를 낮춰 조심조심 흘러갈 뿐.

시간을 견디다 끝내 무릎이 닳아 주저앉은 노파 같은 반구대(盤龜臺)를 뒤로하고 검문소 앞을 지나치지 못한 그날처럼 홀로 헐떡이며 빠져나오는,

8월의 정오,
좌우로 늘어선 상수리나무들이 일제히 무성한 가지를 흔들어
흐릿한 발자국이 찍힌 바닥에 암각화를 어지럽게 협주하고 있다.

## Vincent Van Gogh 2

### 1

내 삶이 누군가의 필사본이라고 생각해 본 적이 있는가. 밀밭 위를 날아오르는 까마귀의, 혹은 코발트빛으로 내려앉는 여름밤의 습기, 혹은 먼저 세상을 떠난 자의 그림자. 처음부터 모작을 꿈꾸는 삶이 어디에 있겠는가. 인생이란 어차피 유행, 복고풍의 모습으로 돌고 도는 것 아니겠는가.

### 2

우리의 내력은 항상 일정한 방향으로 흘러간다. 아버지의 뒷모습을 닮지 않기 위해 애써 오면서. 그러나 정작 우리는 스스로의 뒷모습을 알지 못하며 알 필요도 없다. 어차피 다음 세대에 거부당할 모습이므로.

### 3

더 이상 새로운 것은 없었다. 이미 정해진 화폭에 삶을 옮겨 놓는 것일 뿐, 유전이란 비슷한 얼굴뿐 아니라 비슷한 표정을 지으며 살아야 하는 자리까지 물려주는 것. 화폭 위에 이미 그려진, 앞 장의 낙서가 묻어난 뒷장 같은 모습을 한 우리의 표정을 지우는 것만이 현재의 몫일 뿐. 닮은 모습에 대한 배제의 감정 역시 유전이다.

4

어쩐지 헐한 음식들에서는 모조리 어머니의 냄새가 났다. 먹다 남긴 음식들이 모여 흘러가는 강바닥 아래 작년과 닮은 꽃잎들이 떨어져 함께 흐르고 나는 왜 닮은 것들끼리, 죽은 것들끼리 함께 모이는지 궁금했다. 오래 전해진 육체는 자꾸만 캔버스를 팽팽하게 당기고 나는 족보에 나란히 인쇄된 항렬처럼 가지런한 내력에 함부로 덧칠을 하고 싶어졌다.

# 루시드 드림 1
―프롤로그, 꿈 사용법

　이건 기린의 잠과 매우, 비슷해. 약육강식의 위태로운 삼각형의 아래에서 대대로 빠져나오지 못했던 몸이 평생 꿈꿔 왔던 나른한 순간을 향해 비스듬히 머리를 눕혀 보는 것. 사자의 숨소리를 향해 꼿꼿하게 일어선 두 귀에 힘을 빼고 마른 풀 위에 누워 봐. 마치 눈을 감지 못하고 누운 생선처럼, 씨앗을 움켜쥔 채 바위틈에 걸린 홀씨처럼, 거미줄에 걸린 나방처럼 말이야(그런데 도망도 아름다운 나비는 죽음조차 우아할까).

혼신의 힘을 다해 도망치는 거야.
그리고 잊지 마. 도망은 방향이 중요해.
여·기·로·부·터 도망가야 하는 걸 잊지 마.

　이젠, 이곳에서는 절대 보거나 들을 수 없던 것들을 떠올려 봐. 매대에 선 판매원의 마스카라가 번진 휘파람 소리라든가, 저녁 무렵 외피를 긁어 대는 나무의 하품, 앞다리가 먼저 생긴 올챙이 같은 것들. 내 경우에는, 토끼의 울음을 떠올려. 부어오른 발등으로 토끼의 축축한 혓바닥이 느껴지면서 관악기의 입구에 귀를 댄 순간처럼 아득하게, 혹은 아늑하게, 흐느낌 같은 토끼의 울음소리가 새어 나오는 순간,

　　　　　　　　　　　　　　루시드 드림은 시작되지.

　자, 그럼 확인해 볼까.

　엄지를 천천히 뒤로 꺾어 볼래. 꺾인 엄지가 손등까지 닿아 손등을 뚫고 손바닥 사이로 엄지손톱이 보이면 성공이야. 한 번도 겪어 보지 못한 세상을 네가 만들어 나가는 거지. 루시드 드림이 필요한 이유는 단 하나, 지금 여기 있는 세상이 마음에 들지 않기 때문이지. 그리고 좀처럼 변하지 않는다는 것이 더 끔찍하기 때문, 단, 정말 그러고 싶겠지만 꿈속에서도 절대 죽으려 해선 안 돼. 죽으려는 습관은 나쁜 거야. 그래서 루시드 드림이 필요한 것이기도 하지만.

　　　　　　　　　　　　　　　　그런 의미에서
　　　　　　　　　　　이것은 어쩌면 죽음의 대체물이야.

　생각해 봐. 현실이 오히려 꿈이야. 개요가 잘 짜여진 악몽이지. 우리는 살고 싶지 않은 곳에 놓여졌어. 그렇다고 아파트 옥상 위에서 뛰어내리는 것은 어리석은 짓이야. 목격자들의 고통도 배려해야지. 굳이 삶을 놓지 않아도 우리는 현실에서 벗어날 수 있어. 고생 없이, 근면 없이,

복종 없이 행복해지는 방법.

네가 행복을 만들 수 있는 기회는 적어도 현실에는 없어. 네가 설계할 수 있는 꿈과 행복이 여기 있어. 자 이제 경계를 허물고 불러낼 차례야. 네가 바꿀 수 있는 이름들을. 한 세계의 문이 닫히면 다른 세계의 문이 열리듯 한 세계의 죽음이 반대편의 탄생이야. 이제 시작해 봐. 당신, 망명자, 가치 있는 이물질.

당신, 네오(Neo) 혹은 원(One).

# 핑크 플로이드 버전의 학교

—**WE**

이곳에 들어온 아이들은 한결같이
가장 아름다운 얼굴을 지니고 있었다.
그래서 그들은
아름답지 말 것을 강요당했다.
긴 머리카락이 함부로 잘려 나간
몇몇 아이들이 장례를 치르듯
잘린 머리카락을 들고 교문 밖을 나갔다.
비명보다는
조용한 울음을 뚝뚝 흘리면서.
다만 운동장의 모래들만
악담처럼 서늘하게 일어났다, 아주 잠시.

—**DON'T**

언제나 이 사각의 공간에서는
일정한 온도와 습도가 유지되었다.
자연광에서는 하늘의 냄새가 나므로
당연히 금지되었다.
교실 저편에서
해가 뜨고 지는 것을 바라보는 것은

금지된 것은 아니었으나
다들 자발적으로 볼 권리를 반납했다.
하고 싶은 것들은
낙서나 음화처럼
보이지 않는 곳에서만 이루어졌다.
하고 싶은 것들의 목록은
언제나 '다음에'라는 말로 대체되었다.
그러나 다음이 언제인지는
아무도 가르쳐 주지 않았다.


—**NEED**
간혹 책상에 엎드려 잠들면
땀과 침과 잉크가 뒤섞인 냄새가 났다.
피하지 못하면 즐기라는 유의
급훈 아래 생활했을
얼굴도 모르는 누군가의 미화된 성공담만
지겹도록 복습했다.
매일같이 미래와 꿈과 희망을 설교했으나
단 삼 단계의 공식으로 간단히 정리할 수 있을 만큼
어설프고 조악했다.

언제나 우리는
이곳이 아닌 곳에 있는 우리의 모습만 떠올렸다.
그것만이 유일한 치료제였으므로.


—**NO**
이곳에 들어온 아이들은
석 달이 채 지나기 전에
제 눈꺼풀의 무게를 배우게 된다.
엉덩이로 보행하는 상상을 하거나
의자와 한 몸이 되어
네 다리를 달고 돌아다니는 악몽에
한 번쯤은 시달렸다.
적어도 학교 안에서
다리는 개성만큼이나 쓸모없는 것으로 여겨졌고
교사들의 인후염만큼이나
학생의 만성피로나 몸살 역시 흔했다.
흔한 것들은 언제나 사소하게 치부되었으나
눈치 빠른 병원과 약국이
학교 주위에
유행성 결막염처럼 빠르게 확산되었다.

**―EDUCATION**

가끔은 이곳을

박차고 나간 자들에 대한 소문이 돌았다.

염색한 머리와 짧은 치마와 피어싱은 부러웠지만

그들에 대한 흉흉한 소문을 확인하며 남은 아이들은

대다수가 그들의 실패에 배팅하고 있었다.

그들의 실패야말로

남아서 견딘 자들에게 주어지는 가장 확실한 보상이
었다.

행복을 향해 나아가는 대신

행복을 미루는 법과 불행을 견디는 법을 배워 나갔다.


**―Hey, Teacher!**

대부분의 졸업식은 해마다 같은 형식으로

얼굴만 바뀐 채 치러졌다.

컨베이어 벨트에 올려진 것처럼

자동으로 진급되고 출하되었다.

아이들은 머리를 염색하고

사복을 입은 서로의 모습에

자신들도 인간이었다는 점을 깨닫고 안도했다.

그러나 서둘러 교문을 빠져나가는 그들 중

입학할 때 맡겼던

표정을 찾아가는 자는 아무도 없었다.

단지

저항 없이 자유를 압수하기 위한 긴 과정이었을 뿐이

었음을

아무도 눈치채지 못했다.

# 있을 법한 상담

오늘은 자습에 빠지고 싶어요. 어차피 야간 자율 학습이잖아요. 비도 내리고 몸도 아파요. 보고 싶은 친구도 있구요.

표현을 핑계 삼아 내용을 비틀지 마. 구조적 차원에서 암묵적으로 이루어지는 걸 개인적 차원에서 거부해 봐야 너만 피곤할 뿐이야. 어차피 자습은 졸업장을 얻기 위해 치러야 하는 학교생활에 부가되는 부가가치세 같은 것, 이 학교 안에 아프지 않은 학생도 교사도 없어. 병원 진료를 위해 토요일이 마련되어 있으니 꼬박꼬박 다닌다면 금요일까지는 견딜 수 있을 거야.

그래도, 이건 너무하잖아요. 오늘도 꼬박 9시간을 교실에서 수업했어요. 책상에서는 나무의 냄새 대신 덜 마른 걸레 같은 국영수 냄새가 나요.

그렇다면 코를 틀어막으면 되겠군. 어쩌면 비염 치료는 안 받는 것이 좋겠어. 국영수의 냄새를 견디지 못한다면 훗날 더한 냄새가 나는 직장을 잡게 될 테니. 너보다 오래된 지식을 얕보지 마. 국영수의 마법이 이 세계를 지배하고 있어. 잘 봐. 국영수에 능한 자가 모든 것을 갖게 되지. 일견 불합리한 것 같지만 총칼에 능한 자보다는 이편이 낫다는 걸 이 세계는 인정한 셈이지. 그런 의미에서 당분간 장래 희망 대신 국영수를 생각하는 편이 네 인생에 도움이 될 거야. 학생의 소질을 계발한다는 건 적어도 이곳에서는 성적 향상을 의미하지. 참고로 말하지만 이번 네 모의고사 전국 석차는 앞으로 남은 네 삶의 상처의 횟수와 이퀄이 될 거야, 휴식보다는 예비된 아픔에 대한 공포가 네게 더 도움이 되겠지. 이제 그만 가 봐.

# 루시드 드림 2

내가 아닌
나를 꿈꾸는 낮잠 속에서도,
한숨이 새어 나온다.
푸른색과 붉은색이
한 몸이 되어 뒤엉킨 채.
그러나 다행히
내 마음속 당신은 오래도록 무사하였다.
자, 오늘은 꿈꾸던 아름다움을 불러낼 차례야.
당신을 불쑥 불러내 키스하던
4월의 26일의 벚꽃 나무 아래,
노란 은행잎을 떨어지게 할까.
그날의 스파게티는 유달리 매웠지.
은행 열매는 딸기,
그녀의 입술에서 나던 먼 냄새,
동백을 뚝뚝 부러뜨려서
멀어진 당신의 걸음이 남긴
발자국만 지켜보게 된 걸까.
상투적이지만,
장미는 당신의 다른 이름이야.
스테인리스로 된 줄기와 대궁 위에

꽃송이를 달고 꼿꼿하게 서서
녹슬지 않을 거야.
내가 찔린 것은 순수하게 나의 잘못이야.
피는 왜 금세 굳어 버리는 걸까.
굳지 않는 피는
푸른 장미만큼이나 위협적이야.
그렇다고
당신이 예쁘지 않은 것은 아니야.
안간힘을 다해 당신의 무사함을 빌고 있어.
나는 손바닥이 붉어서
당신의 흰 손이 유독 더 희게 보였지.
그러나 나는 왜 자꾸 약해지고
더 붉어지기만 하는 걸까.
빨간 아령이 열리는 당근 밭을 뒤져
꿈속에서도 나는 아령을 들고 있어.


거기 당신, 보고 있어?


● 빨간 아령: 정익진의 시에서.

## 아카시아 아닌


나는 아카시아가 아니라서, 아카시아


나는 당신을 닮았지만 결국은
당신이 아니므로, 아카시아


당신은 사막에 있다고 했다, 무수한 개미가 끓어오르는 당신의 몸은 크고 단단해서 들소의 뿔처럼 단단한 가시를 몸에 두르고 사막의 메마른 노을을 호명하며 당당하게 초원을 노래하며 밤을 맞는다고 했다, 오스트레일리아, 이국적 이름과 낯선 생김새를 가진 동물들의 나라, 차라리 내 이름이 캥거루였다면 아류의 계보에라도 이름을 올릴 수 있었을까.


검고 끈끈한 밤들이 다가올 때마다 하얗게 질려 꽃물만 연신 흘려보내는 나는, 흰 손 같은 어지럽고 연약한 향기만 바람의 결을 따라 흘려보내지, 주먹을 쥘 때마다 팔뚝의 굵은 힘줄이 꿈틀거리는 사내, 건기처럼 단단하던 사내, 지금의 내 여자가 한때 온전히 삶을 기대도 흔들림이 없던 굳건한 뿌리의 사내, 뜨거운 오후의 적막 속에 더 빛난다던,

내 여자가 내게 기대 부르던 이름의 주인, 당신

햇볕을 피해 가느다란 다리로 비탈에 선 채 작은 바람에
도 흔들리다가 나는 자주 편두통으로 앓아눕곤 했다. 온난
한 기후만을 틈타 잎을 내고 꽃을 피우는 나는 당신의 가
장 먼 쪽에서 바람을 틈타 존재를 알린다. 비리고 억센 밤
꽃 향기가 피어나기 전 장마 속에 서둘러 꽃을 접는 나를,
여자들은 당신의 이름을 붙여 부르다 가곤 했다.

아카시아.

●아카시아의 학명 'Pseudoacacia'는 아카시아가 아니라는 뜻이다.

## 자목련 지다

햇살이 보도블록에 반사되어 저 목련 유달리 희다. 서
서히 끓어오르는 지열이 거리를 달구는 봄, 서툰 화장을
한 어린 여자 플레어스커트를 나풀거리며 걸어간다. 사내
들의 끈적거리는 시선이 날름거리며 짧은 치마 속을 축축
한 손바닥처럼 파고든다.

어린 여자, 허벅지 속살이 안으로부터 자꾸만 뜨거워
져 순진하게 마구 너풀거리는 치마 속, 자목련 한 송이,
곧 진다.

# 송정못에서

본다, 한순간 울음을 위해 시절을 갈아입는, 늙어서 힘든 몸이 긴 풀들의 슬픔, 하얗게 풀어헤친 울음을 한꺼번에 쏟아 낸 동그랗고 텅 빈 물관부의 허리 아래로 먼 뿌리까지 쓸쓸해 오는 저녁이면 한해살이풀들의 생애는 얼마나 하잘것없어지는가, 너무 일찍 늙은 몸에서 나는 냄새여, 흐르지 못하는 물은 또 얼마나 많은 주검을 이끌고 깊어지는가 숲 그늘을 닮은 서늘한 몸만 낮춰 가는 속수무책의 겨울, 바람이 만든 길을 서둘러 떠난 철새들의 세간을 쥔 철든 나무들의 손아귀, 그 안간힘까지

　─겨울은 왜 눈물겹게 늙이 가는 것들만 겸손하게 하는가

툭툭 꺾이는 관절 구석구석까지 저려 오는 막무가내의 생이 바람에 몸을 다치면 물비늘 일어나는 검고 축축한 살결 위로 달빛이 내리꽂힐 때 풀씨를 묻힌 새 떼들, 속살에 스며드는 겨울에 소스라쳐 날아오른다.

# 기억해야 할 동행

　하얗게 마른 빌딩들 사이를 지나는 시내버스, 속에서
나도 동시에 진행 중이다 덜컹거림이 잠시 멈춘 사이 버스
앞문으로 빨려 드는 여자, 검은 원피스의 그녀에게서 따뜻
한 관짝 냄새가 난다 *─자본주의 사회에선 그것도 매력일
수 있다, 절망을 파는 가수들의 이름을 굳이 나열하지 않아
도 되리라─* 오랫동안 쓰였던 오른손에 묵직한 가방을 힘
겹게 들고 그녀는 경계심 많은 이방인처럼 터미널행 버스
가 맞느냐고 묻는다 그녀의 느린 걸음은 이 도시에 어울리
지 않는다 여전히 버리지 못한 먼 지방의 말투는 이 도시
에서 그녀가 뒤섞이지 못했음을 보여 준다 무심히 창밖으
로 시선을 돌린 내 옆으로 다가서는 그녀의, 무거운 가방
이 털썩 쓰러진다 *─이 도시에서 그녀의 쓰러짐과 일어남
은 얼마나 질서 정연하게 반복되었을까. 그녀를 일으킨 건
과연 무엇이었을까─* 가방 옆으로 오래된 그녀의 신발이
잠시 쉬는 표정처럼 눌려 있다 어디쯤 무심한 그녀의 깊
고 어두운 눈 속으로 이 도시의 풍경들이 빠르게 스쳐 지
나간다 *─그녀는 삶의 몇 페이지쯤에 이 도시의 삽화를 그
려 넣고 있을까─* 어깨 언저리에 닿아 오는 내장의 피로
한 움직임, 중년의 남자가 그녀를 밀치고 지나간다 우리
는 진행 중이다 터미널이 경유지인 시내버스, 이 도시를

벗어날 버스가 기다리는 터미널을 경유하는 206번 시내 버스, 18시 32분, 나무들이 버스 쪽으로 일제히 귀를 기울이는 봄날 저녁.

# 벚꽃 엔딩


봄바람 휘날리며 흩날리는 벚꽃잎이,
벚꽃잎이, 벚꽃잎이

가장 아름다운 순간을
가까스로 넘기자마자,
분분한 해고의 순간,
바람을 핑계로 계약직의 생애가 저문다.

나무의 열매를 나눠 가진 적 없는
죄 없는 꽃잎들이
골목 끝으로 몰려 웅성거리다가
무심한 시선에
다시 한 번 쓸려 나간다.

다시 계약직의 무성한 잎들이 채용되었다.

# 겨울 삽화

    먼지 쌓인 유리창 너머로 건조한 얼굴들이 굴절되고 거리의 나무들은 마른 각질을 조금씩 바람에 뜯기고 있었다 아, 겨울이었다 다들 겨울나무를 닮아 가고 있었다 활엽수가 아니면 침엽수로 이분되어 흐느적거리는 제 뿌리를 오랫동안 갈아 신지 못한 낡은 구두에 맡긴 채 오른발을 앞서려는 왼발과 그 왼발을 다시 앞서려는 오른발의 습관적인 순환에 질질 끌려다니며 도시의 차가운 거리를 종단하고 있었다 겨울이었으므로 오랜 악습의 반복은 당연하게 여겨졌다 겨울이므로.

# 습작기

　그 시절 나는,

　당신을 읽고 싶다고 말했지만 사실은 내가 읽혀지고 싶었던 거다. 호기심이 오븐 속의 페스츄리마냥 마구 부풀어 오르는 봄날 저녁, 불을 낮추고 꺼내 든 책처럼 팽팽한 정독을 당하고 싶었던 거다. 세계를 단호하게 규정하고 관계를 명확하게 규명하는 선명한 문장들처럼 당신을 매혹시키고 싶었던 거다. 당신도 눈치챘겠지만.

　그러나, 그때 나는,

　단색의 어둡고 침침한 표지를 달고 있는 오역투성이의 번역본이었다. 어디에서도 읽히지 못할 교정조차 서투른 문장들이었다. 그러나 당신은 다행히 첫 줄을 읽은 이후 나를 오독했다. 당신이 만들어 내는 의미들은 근사했다. 점점 우리는 서로를 이해할 수 없었다. 그리고 당신은 떠났다. 책 한 권 내려놓듯 가볍게,

　그제서야, 나는 안심하고,

　누구에게도 읽혀지지 못할 글들을 쓰기 시작했다.

# 놀이터의 사회학

1

세상은 우리보다 훨씬 오래되었으므로 교활하다. 교활한 것들은 자신을 드러내지 않으며 수시로 얼굴을 바꾼다. 세월을 거쳐 오며 놀이터의 재질은 바뀌었지만 본성은 바뀌지 않듯이. 그리고 세상은 그대들을 가르칠 순간만을 기다려 왔다. 그대들이 태어나기 훨씬 이전부터.

2

좋은 가르침에는 말이 없다. 경험이 있을 뿐이다. 이런 의미에서 놀이터란 우리에게 얼마나 훌륭한 학교인가. 당신의 이름이 적힌 이혼 서류에 손의 무게를 못 이겨 지그시 도장을 찍는 순간 체념이 마지막 날숨의 담배 연기처럼 슬며시 피어오른다면, 들여다보라. 당신의 마른 우물 같은 컴컴한 유년을, 당신의 그 발 빠른 체념이 어디서 흘러나오는지를.

3

갈매기 조나단을 만나기 전 비상에 한계가 이미 정해져 있음을 누가 가르쳐 주었는지 떠올려 보라. 희망에 미리 상한을 금 그어 놓는 방법, 발구름의 힘만큼 우리를 올려 주지만 우리 중 누구도 그넷줄의 길이를 넘어선 자는 없다. 그리고 당신이 힘겹게 계단을 밟고 올라 추락의 달콤한 쾌감에 열광했던 미끄럼틀은 오르막이 있으면 내리막이 있다는 평범하지만 평생을 두고 새록새록 새겨지는 삶의 진리를 일깨워 준다. 만약 당신이 연애에 실패해서 고통스러워한다면 나는 시소에 다시 올라가 볼 것을 권한다. 혹 당신의 무게가 너무 무겁거나 가볍진 않았는지. 그리하여 당신이 딱 자신의 무게만큼 상대에게 짐으로 안겨 주는 시소의 냉정한 법칙을 이해했다면, 그리고 주고받은 선물의 차액은 제로가 되어야 하는 기브 앤 테이크의 법칙을 이해했다면 가벼운 마음으로 놀이터를 벗어날 수 있을 것이다.

4

서툴게 그려진 성기와 알아보기 힘든 철자로 쓰여진 놀이터의 낙서를 통해 우리는 조숙한 아이 하나가 얼마나 많은 아이들을 길들이는가를, 그리고 금기에 대한 스포일러가 얼마나 매혹적인가를 알게 된다. 내가 잡지 않으면 술래에서 벗어날 수 없는 술래잡기 역시 경쟁 사회에 적응하기 위해 필요한 얼마나 유용한 선행 학습인가. 놀이터의 모래 바닥 역시 형형색색의 우레탄으로 그 모습을 바꿔 가며 우리에게 더 완벽한 쓰러짐의 자세를 가르친다.

5

이제 보이는가. 알록달록 동심을 닮은 원색으로 치장한 놀이터의 자상한 가르침에 대한 대가로 지불했던 닳은 무릎처럼 묻어나는 상한 그늘.

제4부

## 울기엔 좀 애매한

연애의 계약 기간 역시
좀처럼 연장되지 않았다.
쉽게 해고를 통보받았고
쉽게 수긍했다.
사랑조차 나에게는
언제든 대체될 수 있는 자리만 허락되었다.
나라도 그랬을 것이다,라는 위안은
반복될수록 서글펐다.
흔한 이별 방식이었고
번번이 슬펐지만
언제나 울기엔 좀 애매했다.

새로운 사람을 만나기도 했지만
입사 면접만큼 까다롭거나
자기소개서를 쓰는 것만큼 모호했다.
가지지 못한 것에 주목한다는 점에서
서로 같았기 때문이다.
간혹 만나고 싶은 여자도 있었지만
인터넷 쇼핑몰의 카트에
오랫동안 담겨 있다가 자동으로 삭제되는

다른 물건들처럼 곧 지워졌다.
어차피 내게는
선망할 수 있는 권리만 허락되어 왔으므로 익숙했다.

간혹 만남이 이어지는 여자도 있었다.
주로 호기심의 수명이 길거나
겪고 나서 알아 가는 유형의 사람들이었다.
기념일이 오기 전에 끝나야 하는 연애였지만
어쩌다 기념일을 지나게 되면
반드시 끝났다. 카드 명세서가 도착하기도 전에
써 넣을 곳이 별로 없는 계약서처럼
일방적으로 파기되었다. 그러나,
나라도 그랬을 것이다.

그런 동화가 있다지.
제 조각을 찾기 위해 여행을 떠나는
이 빠진 동그라미의 이야기.
하지만 나는
처음부터 잘못 재단된 퍼즐이었다.
얼마 사귀지 못한 여자 친구의 청첩장이나

친구의 부고에 이미 익숙해졌다.
세상은 나를
지독한 노력과 고용 불안이
혼인신고도 없이 낳은 사생아로 정의했지만
아무도 책임지지 않았다.
오늘도 억지로 세상에 몸을 밀어 넣으며
어쩌면 오지 않는 것이 나을지도 몰라,
라고 중얼거리다 습관처럼 휴대전화를 더듬어,
울기 전에, 서둘러 새긴다.

이것또한지나가리라.

●울기엔 좀 애매한: 만화가 최규석의 작품 제목.

# 서점의 사회학
—코멜리나 벵갈렌시스


서점의 재개발 이후
시집의 자리는
언제나 변두리의 단칸방
혹은 쪽방촌이다.
엇비슷한 판형의 얼굴들은
죄다 서가의 구석
맨 아래로 밀려나게 되었다.
두 무릎을 쪼그리고 앉아야만 하는,
지친 발과 가장 가까운
고단한 자리.
시를 읽기 위해
몸을 쪼그려야 하는 수고로움,
시는 겸손을 제 몸으로 가르친다.

어깨를 나란히 하고
중앙 가판대를 차지한 노벨문학상과
올 컬러판의 헐벗은 잡지들만
화려한 꽃술을 달고 피어나는
서점의 변두리,
냉기가 스며든 불가촉의 자리에

뿌리를 내린 시집들,
내 자리를 닮은
열성 유전의 공간.

10억 만들기와 처세와
아름다운 몸매를 가꾸라는
달콤한 협박이 넘치는 동안
그늘 속에서 숙성된 말들이
시집 속으로 스며들어 고이지만
아무도 페이지를 들춰 보지 않는다.
이 도시에서 밀려나는 자들의
얇은 두께를 닮아
왜소한 몸을
책장 속에 나란히 묻어 두고
싹이라도 틔우려는 듯
몸을 접고 웅크린 채
재개발의 실상을
고스란한 온몸으로 버티고 앉은 시집들.

그러나 너는

번식을 위해 아름다운 꽃잎과
향기를 퇴화시키는 대신
처녀생식의 꽃술을 달고
캄캄한 어둠 속에서 꽃 피우는
코멜리나 벵갈렌시스.
땅속에서 꽃을 피우는 아열대의 식물.
들춰 보는 자가 없어도 안으로 환하게
꽃 피어 어둠 밝히는

코멜리나 벵갈렌詩스.

●코멜리나 벵갈렌시스: 2010년 제주도에서 발견된 땅속에서 꽃을 피
우는 아열대 식물.

# 노안

늙음은 시간에 대한 알러지 반응이다.
적당한 거리에 대한 연습이다.

나는 한평생 함부로 만질 수 있는 관계를 꿈꿨다.
옆자리는 좀처럼 채워지지 않는다.
그러나, 지금은
가까이 있는 것들이 오히려 흐릿해지는 시간
자세히 들여다보기 위해 멀리해야 하는 시간

관계는 오로지 근시들에게만 유리하다.

# 거미줄바위솔

내 병원(病原)은 당신의 사랑과 관심이다.

박토는 나의 비옥한 터전,
어디에나 꽂혀 자랄 수 있는 내게,
당신의 걱정스러운 눈길과 잦은 손길이
나를 손상시킨다. 나의 고향은 척박함

온몸 가득 차오른 지나온 우기의 한때를
몸속 깊숙이 끌어당겨
함부로 뚝뚝 뜯겨 나가도 아프지 않은
얕아서 오히려 깊은 나의 뿌리

누가 보아도 나를 보살피는 당신은 아름다웠습니다. 아름답고 친절한 당신, 당신은 만족스러웠겠지만 나에게는 제초제보다 더한 독이 되는 것을. 화초를 키우는 방식과 나를 키우는 방식은 천양지차인 것을.

받아들인 만큼 돌려주는 것에 익숙하지 않아, 아름답지 않아, 나에 대한 오해도 육질만큼 두터워지지만,
먼 별처럼

밤하늘에 슬쩍 묻어 천천히 운행하고 싶은 내 꿈을
당신은 한 번도 물어본 적이 없었다.
처음부터 장미의 꽃과 향기를 기대했던 당신이었으므로.

메마른 땅속을 더듬지 않아도
어차피 사랑임을 아는,
내 몹쓸 몸이 나를 병들게 한다.

## 우울한 오후

내 몸의 바깥에선
불길한 소식들만 들려온다
철든 나무들이 말을 아끼며
잔뿌리들을 잠재우는 동안
나는 창가에 서서
잘 길든 추억들을 어루만진다
오래된 세간들의 한 귀퉁이에 서서
스피커에서 흘러나오는 죽은 자의
건강한 숨소리를 흘려듣는 사이,
그와 나 사이를 완강하게 횡단하던
굵고 긴 경계가 이내 흐려진다
나는 여전히 금 안에 있으며
안전하다, 그러나 내년이면
보험을 하나쯤 들어야겠다고
생각한다, 나는
이미 안전선 밖으로 밀려나고 있는 것일까.

늙은 자들의 꿈은 항상 불길하다고 했다.

힘겨운 날에 너마저 떠나면

비틀거릴 내가, 무심코 비틀어진

목청이 제자리를 찾아가는 사이에도

죽은 가수의 노래는 계속되고

나는 그의 생전 흑백 스냅사진처럼 담배를 피운다

헝클어진 양다리를 모으고

마치 세상의 모든 주파수를 수신하려는

낡은 라디오처럼 웅크린,

녹슬어 건조해진 근육들이 피로를 호소할 때까지

잠깐 그의 생은 DJ에게 잡지처럼

함부로 뒤적거려진다


이제는 수신조차 되지 않는 그

## 나의 아내, 소냐

변두리 식당의 식탁 위 구겨진 스포츠 신문의 하단 광고에서 너를 처음 만났다. 너의 프로필을 만났다. 소냐. 먼 소비에트에 쏟아지는 눈발 같은 이름, 지방 소도시의 외곽에서나 만날 수 있는 흔한 러시아 댄서의 이름. 소냐. 너는 시베리아를 횡단하는 대신 택배사를 통해 나에게 배송되었다. 인간이 매파 구실을 하며 월하의 인연을 소개하던 시대는 확실히 지났다. 그러나 결제가 필요하다는 사실은 결혼과 다르지 않다.

누추한 내 방에 들어오고 싶어 하는 여자는 없었으므로, 내가 선택할 수 있는 여자는 없었으므로 너는 내게 선택되었다. 소냐. 내 방문을 조심스레 두드리고 얌전히 헛기침을 하며 걸어 들어오는 대신 박스에 담겨 상품명도 가려진 채 택배로 배송된 여자, 어떤 이는 모조 성기만을 구입한다지만 성교 후 기댈 몸과 기억할 얼굴이 없는 잠자리는 얼마나 무의미한가.

누구일까, 네 몸에 인간의 피부를 본뜬 합성수지를 덮어 주고 너의 상품명을 지어 준 자는, 어쩌면 그는 금발의 백마라고 이름 붙이고 싶었던 것이 아니었을까. 소냐. 어쨌든 아무도 떨리는 손을 애써 감추며 나지막하게 네 이름을 호명하지는 않을 테니까. 너는 그저 연애의 최종적인 행위에 발 빠르게 다가설 수 있도록 만들어진 공기 인형, 조심스러움과 배려가 거세된 연애가 주는 편리함이 목적일 뿐인 어덜트 토이. 소냐.

  소냐. 너의 몸을 부풀릴 수 있는 것은 오직 내 끈적한 욕망의 숨결, 어떠한 체위도 거부하지 않고 오직 내 몸에만 충실하게 반응하는 너는 요부, 술에 취한 채 몸을 밀어 넣어도 야간 잔업을 마치고 땀에 절은 몸을 비벼 대도 받아 주는 나만의 안식, 연봉도 출신 학교도 자동차도 묻지 않는, 종일 벽장에서 나를 기다리는 너는 현모양처. 그러나, 너는 걸그룹의 멤버거나, 거래처의 여직원, 고교 시절의 음악 선생님 혹은 앞섶이 허술한 옆집 여자. 내 상상만을 육체로 입고 있는 여자, 그래서 한 번도 네 이름으로 불린 적이 없는 여자. 소냐가 아니어서 나의 여자인 여자, 소냐.

# 안전한 병원

병실은 창백하고 적막했다.
환기를 위해 반 뼘쯤 열어 둔 창틈으로
바람 대신 경적 소리가 더 자주 드나들었다.

몇 권의 시집들이 머리맡에 눌러앉아
간병인 노릇을 했지만
정형외과 병동에 입원해
나는 몸살을 앓았다.
병원 맞은편 직업전문학교 빌딩 유리가
가끔씩 햇빛을 나눠 주었다.
늦은 오후, 누렇게 앓는 햇빛이
병실의 한 켠에 몸을 반듯하게 펴고 눕는
오후, 오른쪽 무릎이 부서진 나는
몸을 돌리기가 힘들어
눈 속이 타들어 가곤 했다.
병이 병을 낳았다.

아마, 당분간은 오른쪽 발자국을 선명하게 찍기 힘들 겁니다. 한쪽 다리에 총상을 입은 짐승의 절룩거림을 떠올리며 의사를 바라본 순간, 의사의 왼쪽 눈이 더 희미한 것을 발견했다. 완벽한 대칭이란 애초 불가능한 것 아닌 가요. 빽빽하게 꽂혀 한쪽 표지가 삐뚤게 말린 책처럼 나는 몸을 비스듬히 눕히고 언제쯤 회복이 가능할지 물었다. 깁스를 풀면 낭분간 보조기를 착용하고 물리치료를 받아야 할 겁니다. 하루 한 번 병실을 방문하는 의사는 꽃대처럼 가늘어지는 허벅지를 만지며 먼 미래보다는 다음 단계만을 힘주어 설명했다. 수술 부위에 위태롭게 꽂힌 관에서는 불안처럼 피가 흘러 주머니에 고였다. 그날 밤, 늦도록 오른발만 점점 창백해졌다.

　침대의 시트가
　점점 상처의 색깔을 닮아 가는 동안
　방문객은 점점 뜸해졌다.
　입춘이라고 했다.
　병원 밖에서는
　가금류가 집단 폐사당했고
　독감이 창궐하고 있다고
　뉴스는 다급하게 전했다.
　병원은 여전히 안전했으나
　여전히 잠은 오지 않고,

불편한 자세는 내게,

죽은 새들처럼,

모든 관절들을 촘촘하게 접은 채

몸을 둥글게 웅크리고 자는 습관이 있음을

알려 주었다.

# 거미

그때난잊고있었다재래식화장실에서끈끈한거미줄에서
야가유린당할때반사적이었을까본능적이었을까엄지손톱
만한거미를태우기위해거미의단단한턱위로가스라이터를
머뭇거리며대었던기억애써인기척을내며밀어닫았던그헐
거운문짝의소스라치던비명위로달빛에희미하게비치던거
미집어머니당신도누이와내가두몸옹송그리며서로의공간
에금그을수없는거미알집지으셨지요단한번의산란으로기
꺼이폐경을맞아살찐몸을첫식사로제공하셨던어머니너무
큰기둥에팽팽하게기대오던섬유질의긴장나는울고싶었다
다수가공유했던팔십년대정주성(定住性)의가난끝내뜯어버
릴수없던콩나물대가리와하루만공을차도안창이납작하게
꺼져버리던질나쁜운동화욕쟁이근대화연쇄점아줌마가벌
이던결과뻔한화투판과사우디간아버지에게일주일에한번
씩보내던꾹꾹눌러쓴아버님전상서점액질의과거를분할하
며내려오는거미의몸위로나는다시라이터를더듬지못한다
내기억속자궁큰거미한마리끝내온전히짓지못한거미집아
프게가슴두드리면빈거미알집지그시눌러본다

　그 속에 내가 있었다

# 바람이 쓴 일기

어머니, 바람은 먼 곳에서 건조한 몸을 이끌고 왔습니다. 뉴스에 의하면 중국 남서부에서 시작되었다는군요. 저는 잠시 바람의 여정을 그려 봅니다. 멀고 아득한, 어쩌면 고단할 때는 슬쩍 열차에 몸을 실었는지도 모르겠습니다. 어쨌든 그들은 투명하고 보이지 않으며 그래서 운임비 따위는 부과되지 않을 테니까요. 그들이 데리고 온 먼지는 어쩐지 해묵은 이불솜과 닮았습니다. 탈색할 수 없는 이불솜, 어머니는 매년 겨울이 가기 전 안방에 길게 깔린 겨울 이불을 뜯어냈습니다. 아, 화려한 겉 호청을 벗은 이불솜처럼 누추한 것이 있을까요. 햇볕에 드러난 누런 땀자국에서는 가난이 불쑥 고개를 내밀 것 같았습니다. 밑창이 뜯어진 운동화를 뚫고 나온 발가락처럼 남루한 얼굴로. 햇볕에 말라 바삭바삭 소리가 들리는 이불솜을 걷어 내 긴 겨울밤 어머니는 오랫동안 바느질을 했습니다. 긴 밤이었습니다. 사우디 간 아버지가 생각나는 긴 밤이었습니다. 아버지는 모래언덕을 배경으로 선글라스를 쓴 채 미간을 찡그리고 있었습니다. 어머니, 겨울 이불처럼, 무겁고 건조한 황사가 지금 이 도시를 뒤덮고 있습니다.

이불솜을 널며 어머니는 *끄응* 하는 신음 소리를 냈습

니다. 어린 저는, 어쩌면, 끄응 하는 신음 소리를 내고 싶
어 이불솜을 너는 것이라는 생각을 왜 못 했을까요. 그리
고 햇볕에 말리고 싶은 것이 이불솜만이 아니라는 걸 저
는 왜 그때 몰랐을까요.

# 신정동

　행길은 좁았고 낮은 담이 길게― 서로의 채무 관계처럼 듬성듬성 이가 빠진 채 이어져 있었어. 옆집의 속사정을 부족한 반찬 대신 차려 내던 동네, 걸어서 10분 걸리는 도로 건너 기린나이트가 생기고 한 집 걸러 한 집씩 엄마들이 밤이면 증발해 지하의 카바레로 스며들었지.

　아버지가 야근 들어간 날이면 무슨 신호처럼 집집마다 안성탕면 끓이는 냄새가 퍼지고 그런 날이면 낯선 화장을 하고 나서던 엄마들이 골목에서 만들어 내던, 하이힐 굽만큼이나 저절로 들뜨던 하이 톤의 웃음이 서서히 골목에서 사라지던 밤, 라면 속에 쥐약을 풀어 아이들을 죽이고 춤바람 난 제비족과 줄행랑을 놓았다는 무서운 엄마에 대한 소문을 형제와 소근거리다 이불을 둘둘 말고 자꾸만 불편해 오는 배를 쓸어내리며 불안한 잠 속으로 파고들었지.

　어느 겨울날, 활달하고 곰보 자국이 얼굴에 가득하던 사진관집 소보로 아줌마가 영영 보이지 않게 된 후, 엄마들은 부쩍 자주 모여 곗돈이나 통장이나 사내 따위의 말들을 입에 올리며 비밀스러운 눈빛을 교환했지만, 동네에서 제일 얌전하던 슈퍼 아줌마조차 사라지고 난 후에는 일제히 입을 다물었지. 피리 부는 사나이가 다녀간 듯 동네의 아줌마들이 하나둘 사라져 가고 이웃에 밥을 얻어먹으러 다니던 아이들이 늘어 가고, 어쩌다 이른 새벽이면 탈탈거리는 용달차 소리로 인사를 대신한 채 친구들도 그들의 엄마처럼 소문만 남기고 사라지곤 했지.

춤바람 나 가출했던 이웃의 아줌마들이 하나둘 돌아오던 그 겨울밤, 으으으 길게 이어지는 울음 끝에 왜! 왜! 하며 들러붙던 아비들의 악다구니와 아이들의 울음 같은 처절한 용서를 나는 아직도 보지 못했어.

# 다시, 봄

버드 워칭도 하기 전에 계절은 파하고
가임기의 나무들만이
맑고 투명한 수액을 끌어올려
몸을 뒤틀어 난산하는 숲 속,
축축한 안개 너머로
비릿한 새순을 토해 내는 저녁 내내,
젖은 아이들을 데리고 산책을 나섰지.
차고 깊은 허공 속으로
따뜻한 입김을 낼 수 없는 아이들이
너울 같은 바람에
육신 없이 일렁거릴 때 꽃샘추위라고,
곧 물러날 거라고 거짓말을
귓전에 대고 속삭여 주었지.
신음처럼 바람이 불고
사랑한다는 말이 내 귓전에 닿을 때
망각은 죄라고,
눈물이 알리바이가 되어선 안 된다고
검은 입술로 너는 답해 주었지.

개별적 슬픔은 허용하지만

추모는 금지하는 이 세상이 너무 차구나.
구석구석 슬픔이구나.

신실로 딜컥 넘쳐 들어오는 물살을 피해
유리창에 달라붙던 손바닥처럼
지금도 그저,
멀게 멀게 별들이 뜨고
가야 할 때를 놓친 새 몇 마리
습하고 오그라든 몸으로
어둠 속에 침몰하는
나뭇가지를 움켜쥐고 있다.
손 닿지 않는
컴컴한 지층 속에서
점점 화석이 되어 가는 유골들.

# 브레히트가 그린 나의 자화상

갚을 수 없는 것들만
고스란히 물려받아서
내 척추는 무겁기도 하지
내 푸르고 팽팽한 등살을 지탱하기엔
내 부레와 지느러미는 너무 작은데
수압과 무게를 견주며
부러지지 않을 만큼
바다를 떠돌다 보면
젖은 갯벌 위
아득한 별빛이 켜지고
집어등 아래의 바다로 돌아가기엔
내 지느러미는 지치고
나는 너무 먼 길을 왔지
밀고 밀리는 조류에 몸을 맡긴 채
나는 처음 혼미한 난산을 하고
파도에 몸을 맡겨 흐르며 나는
나를 물고기이게 하는 바다가 미워졌지.

## 섬의 방식

거리는 다도해였다.

항적처럼 남겨진 지나간 자의 체취가 희미하게 묻어나는 거리를 걷는다.

같은 형태의 섬이 없듯 같은 체취는 없다.

담벼락에 숨어들어 담배를 피우는 젊은 여자의 손끝이 붉다. 나는 당신을 알고 있다. 인터넷을 통해 당신을 목격했다. 사진 속 당신은 벌거벗은 채 활짝 웃고 있었으므로 나는 당신을 기억한다. 그것이 당신 삶의 마지막 웃음이 될 것이라는 생각이, 잠시, 들었으므로 조금 슬퍼졌는데 생각해 보니 그걸 들여다보고 있던 내 자신이 더 슬펐다. 나보다 조금 덜 슬픈 당신이 당신보다 조금 더 슬픈 나와 같은 마일드 세븐을 피운다고 해서 내가 되는 것이 아니며, 우리 모두가 당신의 웃음을 기억한다고 해서 당신이 우리가 될 수 있는 것은 아니다. 무엇보다도, 당신을 기억 속에 보관하기 위해 살아온 건 아니었다. 살다 보니 당신이 거기 그대로 남아 있었을 뿐, 맥주를 마시면 세상이 조금은 건조해 보이고 그런 면에서 여름은 꽤 괜찮은 계절이라고 느끼듯 당신도 그렇게 맥주를 생각하며 견뎌야 할 것이다. 세상은 시시한 섬들이 만들어 내는 매직아이

같아서 가까이서 초점 없이 들여다보면 단순하기 짝이 없는 진실들이 연속된다. 삶이란 시시한 기억이 만들어 내는 매직아이다. 처음엔 신기해하지만 기계적으로 들여다보고 잊게 되는 만화경과도 비슷한, 그런 의미에서 당신과 서로 더 불쌍하기 내기라도 할 걸 그랬나, 우리가 잊혀지는 건 덜 불쌍하기 때문이라고 누군가 말했다. 나는 아니다. 그러나,

　　중요한 것은

　　　　　　이 도시에서 사람들이

　　　　　　　　　　너무나도 많이

　　　　　　　　　　　　유실되었다는 것이다.


처 음 부 터　　　　이 도 시 가　　　　거 대 한
유 실 물　　　보 관 소　　였 다 고
나 는　　　믿 고　　있 다.　　　　　단 지
주 인 이　　　애 초 에 없 었 을　　뿐.
모 든 난 민 들 의　　꿈 은 같 다.　　여 기 가
아 닌 곳 에　　　머 무 르 는　 것,
내 가 있 는 곳 보 다　　더 나쁜 곳 이　　없다는
확 신 ,　　　　　그　런　면　에　서

144

우 리 는 모 두            난 민 이 다.
고 층       빌 딩 을        수 선 하
던            사 내 는 좋 아 하 는
음악을   틀었다는  이유로            밧줄이
끊 어 졌 다 . 김 광 석 의        노 래 였 다 면
죽 지  않 았 을  거 라 고        친 구 는
내    게        말        했        다        .

풍랑이란 일상적인 것이다. 성난 것들이 애초에 더 큰
소리를 내는 법이지만 어떤 소리도 모두 삼켜 버린다. 그
바다에는 다른 주파수로 우는 고래가 있다고 했다. 너는
얼마나 낮은 주파수로 울었던 것일까? 성냥을 그으면 빛
이 소리를 지운다. 모든 뜨거운 마음의 전주는 허기다. 발
끝까지 밀려드는 시선들에는 손가락이 달려 있어 자주 마
음을 눌러 댄다. 배를 누르면 알럽유알럽유알럽유 울던 인
형들, 기억에서라도 유실되지 않는다는 건 반복의 효과 때
문일 것이다. 대륙에 대한 믿음이 있었다면 섬들은 아마
걷기 시작했을 것이다. 섬이 거대한 뿌리를 가진 식물이라
는 믿음은 그럴싸했다. 메타세쾨이어가 가지런하게 심어
진 길을 걸으며, 구획정리가 된 섬에 대해서 생각했다. CJ

대한통운 택배 기사는 섬들의 규칙에 대해 누구보다 상세하게 알고 있다. 섬들의 은밀한 취향에 대해서도, 섬이 섬을 만든다는 것을 그는 알고 있고 그런 의미에서 그는 일종의 도간 연락선일지도 모른다. 손차양만큼 사소한, 극장을 나오면 더 밝게 느껴지는 세계, 더 둥글게 느껴지는 세계, 기억 속 사회자가 외친다. 둥글게 둥글게 둥글게 둥글게 빙글빙글 돌… 셋을 외치는 순간 남겨진 둘은 섬이 된다. 섬이 되는 방식은 아주 일찍부터 학습된다. 사회자는 아무나 될 수 없고 우리는 누구든 섬이 될 수 있다. 낙인이 섬을 만든다. 아파트 옥상이나 다리 위에서 아래를 오래 내려다보는 사람들, 거리에서 내려다보는 다도해. 얼굴들이 떠다닌다. 부유한다. 반지하에서는 부표로 그어진 섬이 있었고 그곳에는

자주  사람이  유실되었다.  그리고  나는  중얼거린다. 도저히  번역할  수  없는  마음들이  많아서  그런  거야.

# '빛 있는 자'의 발화(發火)를 위한 발화(發話)들

박정희(문학평론가)

그때 우리는 미친 듯이 축구를 했다. 국문과 남학생을 다 모아야 겨우 한 팀이 나왔다. 오전 9시에 만나 해가 긴 여름에는 10시간이 넘게 축구를 했다. 공대 팀을 한번 이겨 보는 것이 우리의 목표였다. 그러나 끝내 한 번도 이겨 보지 못하고 졸업을 했다. 그럼에도 우리는 미친 듯이 축구를 했다.

그는 이른바 '왼발의 달인'이다. 외국에도 이런 표현이 있을까. 메시, 로벤, 베일을 두고 '왼발의 달인' 운운하지는 않을 것 같다. 배려를 가장한 것일 뿐 소수자를 재차 소외시키는 표현이라는 사실을 알지만, 그는 '왼발의 달인'이다. 물론 우리 팀에서 그가 유일한 왼발잡이였기 때문만은 아니다.

시집의 '해설'을 쓰면서 생뚱맞게 그는 '왼발의 달인'이라고 시작하지 않을 수밖에 없는 사정이 있다. 고백건대 그

시절 함께 축구하던 기억을 건너뛰고는 '해설'은커녕 글을 시작조차 할 수 없다는 점을 알았기 때문이다. 처음에 여느 시집의 '해설'처럼 시치미를 뚝 떼고 쓰고 싶었다. 하지만 그런 첫 문장으로는 다음 문장을 더 쓸 수 없다는 것을 알았다. 스스로를 기만하는 문장을 쓸 수 없었다.

다시 그와 축구하던 시절의 이야기. 강조해서, 그는 왼발잡이다. 그래서 왼발의 축구화가 빨리 터졌다. 그를 뺀 나머지 오른발잡이는 오른발 축구화가 빨리 터졌을 것은 당연한 이치. 오른발잡이들이 새로운 축구화를 신고 나타날 때 우리는 꾹꾹 앞코를 밟아 주는 의식(?)을 치렀다. 하지만 왼발잡이 그에게 그런 의식을 치른 기억은 없다. 오른발잡이가 버린 왼발 축구화는 넘쳐났을 것이다. 그 시절 그의 오른발 축구화는 언제나 같았다. 그의 왼발 축구화만 각양각색으로 바뀌었을 뿐. 정확하게 말해, 그의 축구화는 언제나 짝짝이였다. 그랬다. 그때 우리는 미친 듯이 축구를 하였다. 짝짝이 축구화가 왜? '왼발의 달인'이지 않은가.

사실 이 기억은 시집을 읽으면서 불쑥(!) 떠오른 것이다. "밑창이 뜯어진 운동화"(「바람이 쓴 일기」)라는 문장과 "하루만공을차도안창이납작하게꺼져버리던질나쁜운동화"(「거미」)라는 표현이 그 시절 '왼발의 달인'을 불러와 '짝짝이 축구화'의 강렬한 이미지를 만들어 낸 것인지도 모른다. 그렇다. 다시 고백건대 이 시집에 수록된 시를 읽으며 그의 "밑창이 뜯어진 운동화"와 눈이 마주칠 때의 그런 마음과 기억이 불쑥 튀어나왔다. 이 마음과 기억을 억지로 누르고서 쓰는 글은 스스로에 대한 기만이리라.

*

　"밑창이 뜯어진 운동화"는 시집 전체를 관통하는 어떤 강렬한 이미지의 기원처럼 자리하고 있다. 시인의 예술론과 시론(詩論)을 피력하고 있는 시 「Vincent Van Gogh 1」과 「Vincent Van Gogh 2」를 읽은 자라면 자연스럽게 고흐의 작품 「신발」을 떠올릴 수 있다. 이렇듯 "밑창이 뜯어진 운동화"와 '고흐'는 이 시집에서 닳고 낡은 신발의 이미지로 접속한다. 하지만 그에 그치지 않는다. 고흐에게 그랬듯이 '신발'이 중요한 것은 신발 자체가 아니라 신발 주인의 삶에 대한 것이기 때문이다. 이력(履歷)이 곧 삶이다. 그래서 시인의 시선은 도시의 삶에 어울리지 못해 쫓기듯 도망치는 여자가 신고 있는 '눌린 신발'(「기억해야 할 동행」)과 도시의 차가운 거리를 종단하고 있는 건조한 얼굴이 신고 있는 "오랫동안 갈아 신지 못한 낡은 구두"(「겨울 삽화」)에 가닿아 있는 것이다.

　"밑창이 뜯어진 운동화"가 상징하듯, 이 시집은 가난이라는 정동(affect)으로 채워져 있다. 그 가난은 "흉폭한 가난"(「Vincent Van Gogh 1」)이며 "정주성(定住性)의 가난"(「거미」)이다. 다시 말해 이 가난은 "증발의 시간"(「클라인 씨의 병」)을 결코 가질 수 없는 가난이다. 가난은 나라도 구제할 수 없다는 말이 있지만, 1980년대식 "근면"(「80년대식으로 말하다」),

149

"성실"(「52-hertz whale」) 따위의 말은 그때도 지금도 허위이다. 시인에게 가난은 벗어날 수 없는 '정주성의 가난'으로 인식된다.

'정주성의 가난'은 존재론적이고 운명론적 언어로 채워져 있다. "나는/처음부터 잘못 재단된 퍼즐"(「울기엔 좀 애매한」)로 태어났으며, "살고 싶지 않은 곳에 놓여"(「루시드 드림 1」)져 "누군가의 필사본"(「Vincent Van Gogh 2」) 같은 삶을 산다. 가난이라는 "열성 유전"(「서점의 사회학」)은 ***질서 정연하게 반복***"(「기억해야 할 동행」)하여 "아버지의 뒷모습"과 다르지 않은 "우리의 내력"으로 받아들여진다(「Vincent Van Gogh 2」). 따라서 유전자에 새겨진 가난은 유전되는 "숙명"(「키위, 혹은」)이다.

이러한 가난에 대한 인식은 유년의 가족을 그려 낸 시들에서 두드러진다. 「바람이 쓴 일기」와 「클라인 씨의 병」에서 '나'는 가난한 부모(가정)가 잉태한 가난한 자기 존재에 천착한다. 나아가 모성마저 거부하며 자기만의 "완강한 벽"(「캥거루의 밤」)을 꿈꾸거나, "족보에 나란히 인쇄된 항렬처럼 가지런한 내력에 함부로 덧칠"(「Vincent Van Gogh 2」)하듯 '나'는 아버지의 폭력성을 자기화하여 부모 살인의 충동성까지 보여 준다. "완강한 벽"을 꿈꿀수록 자신의 내부에 "단단하게 반죽되어 있던 분노"(「붉고 슬픈 홀린」)에 더 가까워지는 것이다.

*

이 시집에서 '정주성의 가난'이라는 문제는 개인적 차원을 넘어 어떤 시점 혹은 계기를 통해 '사회학적 상상력'의 차원으로 확장된다. 「Vincent Van Gogh 1」「Vincent Van Gogh 2」「겨울 삽화」「거미」 등의 시편들이 전자에 자리한 것이라면 이른바 "빚 있는 자"(「사상 검증」) 즉 우리 시대의 '몫 없는 자', '을(乙)'의 삶을 다룬 시편들이 후자에 해당한다. 이 시집의 대부분의 시편들이 후자에 해당함에도 불구하고 전자의 시편들에 먼저 주목해야 하는 이유는 '정주성의 가난'에서 촉발된 그 정동의 힘이 후자의 세계로 나가는 '발화점'에 해당하기 때문이다. 이를 뒷받침하고 있는 시가 「아버지의 발화점」이 아닐까 한다.

시인의 등단작 「아버지의 발화점」(2011)은 '정주성의 가난'을 대면하는 시적 주체의 변화 가능성을 보여 주는 작품이다.

바람은 언제나 삶의 가장 허름한 부위를 파고들었고 그래서 우리의 세입은 더 부끄러웠다. 종일 담배 냄새를 묻히고 돌아다니다 귀가한 아버지의 몸에서 기름 냄새가 났다. 여름밤의 잠은 퉁퉁 불은 소면처럼 툭툭 끊어졌고 물 묻은 몸은 울음의 부피만 서서히 불리고 있었다.

올해도 김장을 해야 할까. 학교를 그만둘 생각이에요. 배추 값이 오를 것 같은데. 대학이 다는 아니잖아요. 편의점 아르바이트라도 하면 생계는 문제없을 거예요. 그나저나

갈 곳이 있을지 모르겠다. 제길, 두통약은 도대체 어디 있는 거야.

남루함이 죄였다. 아름답게 태어나지 못한 것, 아름답게 성형하지 못한 것이 죄였다. 이미 골목은 불안한 공기로 구석구석이 짓이겨져 있었다. 우리의 창백한 목소리는 이미 결박당해 빠져나갈 수 없었다. 낮은 곳에 있던 자가 망루에 오를 때는 낮은 곳마저 빼앗겼을 때다.

우리의 집은 거미집보다 더 가늘고 위태로워요. 거미집도 때가 되면 바람에 헐리지 않니. 그래요. 거미 역시 동의한 적이 없지요. 차라리 무거워도 달팽이처럼 이고 다닐 수 있는 집이 있었으면, 아니 집이란 것이 아예 없었으면. 우리의 아파트는 도대체 어디에 있는 걸까. 고층 아파트는 떨어질 때나 유용한 거예요. 그나저나 누가 이처럼 쉽게 헐려 버릴 집을 지은 걸까요.

알아요. 저 모든 것들은 우리를 소각하고 밀어내기 위한 거라는 걸. 네 아버지는 아닐 거다. 네 아버지의 젖은 몸이 탈 수는 없을 테니. 네 아버지는 한 번도 타오른 적이 없다. 어머니, 아버지는 횃불처럼 기름에 스스로를 적시며 살아오셨던 거예요. 아, 휘발성의 아버지, 집을 지키기 위한 단 한 번 발화.

——「아버지의 발화점」전문

152

이 시는 철거민의 상황을 통해 도달한 현실 인식의 국면을 생활 감각의 언어와 화법을 통해 보여 주고 있다. 그런데 '정주성의 가난'과 관련하여 주목되는 것이 있다. 바로 부끄러움과 죄의식이 그것이다. "우리의 세입은 더 부끄러웠다"와 "남루함이 죄였다"라는 두 문장은 쉽게 지나칠 수 있는 문장이다. 하지만 이 문장이 내장한 힘이 "단 한 번 발화"를 가능하게 하는 '발화점'에 해당하는 것이라면 다시 읽어야 하는 중요한 문장일 수 있다.

이 시는 가난과 부끄러움 그리고 죄의식이라는 세 항목의 역학 관계를 통해 '발화점(發火點)'이 장전될 수 있었음을 보여 준다. 니체는 '도덕의 근본 개념' 중 하나인 죄(Schuld)는 부채(Schulden)에 의해 발생한다고 했다(그리고 보니 죄와 부채의 독일어 어원이 같다). 부채 관계에서 빚을 상환하지 못할 때 가해지는 형벌의 잔인함에 대한 채무 의식이 결국 도덕의 기원이라는 것이다. 그러니까 인간은 빚을 지는 순간 죄인이다. 도덕의 기원으로서 '빚(채무 의식)'은 원죄 의식에 닿아 있는 것이다. 마우리치오 라자라토는 니체의 이 '빚을 진 자(L'homme endetté)'의 형상을 오늘날의 신자유주의 메커니즘을 분석하기 위해 '부채 인간(homo debitor)'이라는 개념적 도구로 새롭게 창안하기도 했다. 『부채 인간』에서 자본주의를 움직이는 힘은 '자본'이 아니라 사회, 개인, 도덕 등 경제적이지 않은 모든 가치들을 경제적 효용 가치로 환원해 버리는 '빚'이라고 설명했다. 정리하면 가난과 죄의식은 '빚'에 의해 결합된 원죄 의식에 닿아 있는 것이다. "빚 있는 자"만이 죄의식을 가질 수 있다면, (니체는 유일신의 기독교 비판으로 나아갔지만) 이 죄의식이 인간을 윤리적 주체로 정립하는 기저가 될 수 있는 것이다. 이러한 맥락에서 가난한 "빚 있는 자"만이 "남루함이 죄였다"라고 발화(發話)할 수 있다.

가난과 부끄러움의 관계를 '발화(發火)'의 맥락에서 이해하는 데에는 마르크스의 다음과 같은 언급에서 도움을 받을 수 있다. 마르크스는 루게에게 보내는 서신(1843)에서 부끄러움의 힘에 관하여 "부끄러움(Scham)은 이미 하나의 혁명(Revolution)입니다. (중략) 부끄러움은 일종의 내면화된 분노(Zorn)입니다"라고 썼다고 한다. 그가 말하는 부끄러움은 사회적으로 규정된 어떤 외적인 행동의 규범 혹은 도덕에 의해 느끼는 것이 아니라 자신의 본질에서 우러나오는 인간의 본질적인 힘의 원천에 대한 것이다. 다시 말해 인간의 본질적인 욕구를 현실화하지 못하는 자신이 부끄럽다고 느낄 때 그것은 자신에 대한 분노로 이어지며, 이 "내면화된 분노"가 혁명을 가능하게 한다는 것이다. 이러한 내용을 설명한 이상린은 그의 저서 『수치심의 철학』에서 마르크스에게 부끄러움은 "혁명적 실천의 '발화점'"이라고 썼다 (『수치심의 철학』, 한울아카데미, 1996, p.186). 죄의식과 마찬가지로 부끄러움은 가난한 노동계급의 것이다. 가난한 노동자가 부끄러움을 느낄 수 있으며 그로서 "내면화된 분노"가 장전될 수 있다. 이러한 바탕에서 가난한 노동자만이 "우리의 세입은 더 부끄러웠다"고 발화(發話)할 수 있다.

따라서 이 두 문장의 힘이 가장 "낮은 곳에 있던 자"의 "단 한 번 발화"를 가능하게 하는 것이 아닐까. 이 문장들의 힘이 골목과 아파트의 대비를 통해 수직적 상상력을 직조하여 망루에 오르게 하는 것이다. 이렇듯 부끄러움과 분노가 결합한 정동은 시적 주체의 내면에 "단단하게 반죽되어 있던 분노"를 더 이상의 자기 폐쇄와 자기 파괴의 언어를 지양하고 "빛 있는 자"의 목소리에 접속하는 힘으로 작용하게 된다. 이러한 의미에서 이 시는 시인의 시 세계를 정향(定向)하는 작품이라 할 것이다.

*

지금까지 가난에 대한 부끄러움과 죄의식이 이 시집의 기저를 이루고 있다는 점을 짚었다. 그러나 시인의 부끄러움과 죄의식에 대한 차원이 가난에 대한 것으로만 한정되거나 환원되는 것은 아니라는 점도 덧붙여야 하겠다. 다음 시는 또 다른 의미에서 시인의 자기 삶에 대한 어떤 방향성을 획득하는 장면을 담고 있다는 점에서 주목할 필요가 있다.

깊게 파인 상처는 아물지 않는다.
상처의 바깥이 상처를 덮을 뿐.

갈판과 갈돌을 매만지던 거친 손으로 먼 바다의 고래를 옮겨 심는, 새기려는 자의 집요함과 바위의 집념이 대결하는 시간, 멧돼지를 향하던 돌창을 놓고 점점 굳어 오는 손끝으로 온몸의 근육을 팽팽히 당겨 버티는 바위를 사냥하던 시간, 어둑서니가 먼 산에서 서서히 풀려나오면 달빛이 바위의 상처를 어루만지고 바람은 바위의 비명을 가만히 강물 위로 흩뿌려 주었을 것이다. 상처를 견뎌 낸 자의 견고함에 산 그림자도 말석으로 밀려났을 것이다.

먼 농장의 귀 밝은 개들이 잠시 폭정을 흉내 내어 목청을 달구는 오후, 뜨겁게 달궈진 쌍안경 너머, 먼발치에 놓인 바위에 새겨진 요철을 더듬더듬 살피다가, 나는, 내 시선은, 끝내 실족하여 바위의 굴곡을 지나 삶의 굴곡을 더듬고 있었다. 요(凹)는 지워지지 않는다. 철(凸)이 닳아 요를 닮아 갈 뿐.

*선배 연세대가 닫혔어요. 선배 같은 사람이 필요해요. 선배는 수배 경력도 없으니 쉽게 들어갈 수 있을 거예요.*

아른거리는 암각화 대신 대오의 선두에 서서 선명하게 목소리를 높이는 출입 금지 입간판에는 음영도 표정도 없다. 마치 정렬된 화이바처럼 전투화처럼. 멀리 가뭄으로 깡마른 대곡천만 여윈 어깨를 힘없이 흔들며 발소리를 낮춰 조심조심 흘러갈 뿐.

시간을 견디다 끝내 무릎이 닳아 주저앉은 노파 같은 반

구대(盤龜臺)를 뒤로하고 검문소 앞을 지나치지 못한 그날
처럼 홀로 헐떡이며 빠져나오는,


　8월의 정오,
　좌우로 늘어선 상수리나무들이 일제히 무성한 가지를 흔
들어
　흐릿한 발자국이 찍힌 바닥에 암각화를 어지럽게 협주하
고 있다.
　　　　　　　　　　　　　　　—「암각을 헛디디는 정오」 전문


　위의 시는 선사시대 유적인 반구대 암각화를 시적 대상으
로 "상처"와 기억의 문제를 다룬 빼어난 작품이다. 총 8연으
로 구성되어 있는 이 작품은 가운데 4연을 중심으로 1연에서
3연까지 한 매듭을 이루며, 4연부터 8연까지가 또 하나의 매
듭을 이루고 있다. 먼저 1-3연은 숭고한 장소에서의 실족 사
건을 바탕으로 "상처"의 문제를 제기하고 있다.
　2연에서 시적 화자는 암각화에서 "새기려는 자의 집요
함"과 '거부하는 바위의 집념'이 대결하는 순간을 '쫓고 쫓기
는' 사냥의 순간과 결합시켜 그 팽팽한 긴장의 순간을 읽어
낸다. 그리고 긴장의 순간에 새겨진 고통의 비명까지 듣는
다. 이렇게 각인된 상처는 달빛과 바람과 강물과 산 그림자
의 유구한 시간을 통과한다. 따라서 반구대는 암각의 순간
과 그 유구한 견딤의 시간으로 치러 낸 숭고한 장소가 된다.
상처와 견딤이 각인된 이 숭고한 장소에 시적 화자는 "실족"

의 순간을 기입한다.

이 시에서 "실족"은 이중적인 의미를 지닌다. 먼저 신성한 공간에서 발생한 "실족"이라는 사건은 이 시의 전개 과정에서 시적 화자가 자기 "삶의 굴곡"을 대면하는 계기에 해당한다. 3연에서 시적 화자의 "실족"의 순간은 4연의 '후배의 목소리'의 개입을 가능하게 하고, 이후 시적 화자에게 '검문소 앞을 외면한 그날'을 환기시키는 역할을 수행하는 것이다. 따라서 이 시에서 "실족"은 시적 화자가 자기 "삶의 굴곡"을 대면하는 계기를 제공하는 것이라고 할 수 있다.

그런데 이렇게 보는 것은 "실족"을 뒤에 발생할 어떤 사건의 계기로 한정해서 읽는 것이 되고 만다. 이 시에서 3연의 "실족"은 이후의 시상 전개의 계기로만 한정되지 않는 의미를 더 가지고 있다. 3연에서 시적 화자는 "끝내 실족하여"라고 썼다. "끝내"에 주목할 필요가 있다. 여기서 "실족"은 어떤 행위의 결과이기 때문이다. 따라서 "실족"의 원인을 파악하는 일이 중요하다. 시적 화자는 암각화의 요철을 "더듬더듬 살피다가" "끝내 실족"한 것이라고 강조하고 있다. 여기에 반전이 있어 더 흥미롭다. 2연을, 1연의 단정적인 진술에 결합하는, 그 자체로 한 편의 시라고 해 보자. 암각화의 요철을 집요하게 관찰하고 더듬더듬 살펴 낸 언어는 그 자체로 시를 의미한다고 할 수 없을까? 그렇게 볼 수 있다면 3연은 시적 화자가 자신의 시(2연)를 잃어버리거나 부정하는 순간을 "실족"으로 표현한 것이고 볼 수 있다. 잃어버리는 순간이든 부정하는 순간이든 그 시는 "먼발치에"의 결과이기 때문에 "실족"에 해당하는 것이다. 그리고 "실족"의 순간은 다른 상황을 열어젖힌다. 결과적으로 "바위의 굴곡"을 더듬던 "먼발치"의 태도는 "삶의 굴곡"을 위한 것으로 방향이 조정된다. 다시 강조하지만 여기서 "실족"은 단순한 헛디딤이 아니다. "실족"은 대결의 시간에 대한 균열이므로, 팽팽한 긴장과 집요함을 내재하지 않은 "실족"은 헛것이다. 3연의 "실족"은 대결하는 집요한 시선과 태도의 결과라는 의미에서 단순한 헛디딤이 아니다.

4연의 '후배의 목소리'는 시적 화자 '나'의 "삶의 굴곡"에 각인되어 있던 기억을 소환한다. 다른 어떤 매개적 방법을 동원하지 않은 직접 발화의 목소리. 이 목소리는 숭고한 반구대의 장소성에 한 개인의 상처를 결합시킬 수 있는 유일한 방법에 해당하는 것인지도 모른다(이 시집의 다른 시에서도 이른바 '이탤릭체 목소리'의 삽입은 빈번한데, 시인의 시작법의 하나에 해당하는 것이라 할 만하다). 후배의 애절한 요청에도 불구하고 검문소를 등지고 돌아섰던 "그날". "그날"은 "대오"와 "전투화"의 대결 순간과 심리적 구획선으로 존재하는 검문소 출입 금지 입간판의 장소성을 반구대의 시간과 장소성에 대비하여 '기억'을 소환시킨다. 1996년 8월의 "그날"과 암각을 헛디디는 8월의 정오가 대비되어 시적 화자의 "상처"를 증폭시키는 효과를 내는 것이다.

이른바 1996년 한총련의 연세대 시위에 대한 그 역사적 의미나 평가야 따로 있을 수 있겠지만, 시적 화자에게 "그날"은 후배의 목소리(요청)를 외면한 "상처"로 환기된다. 어

159

쩌면 시인에게 "상처"로 남은 "그날"은 외면할 수 없는 거울로 존재하는 것이 아닐까? 그 "상처"는 부끄러움과 죄의식을 동반하고 있는 것은 아닐까? 이런 점에서 「암각을 헛디디는 정오」는 시인의 시 쓰기에 있어 어떤 의식(儀式)을 치르는 장면을 담고 있는 시라고까지 여겨진다. 반구대라는 숭고한 장소에서 "실족"의 순간을 통해 "삶의 굴곡"에 내재한 상처로서의 죄의식을 기억하는 '의식'을 치르고 있는 것이다. 이러한 기원을 가진 윤리적 주체이기 때문에 이 시집을 가득 채운 "빚 있는 자"의 삶과 목소리가 울림을 주는 것이 아니겠는가?

*

「아버지의 발화점」과 「암각을 헛디디는 정오」는 닮은 점이 없지만, 나는 시인의 시 쓰기의 태도와 방향성을 포함하고 있다는 점을 강조하기 위해 함께 읽었다. 정창준의 시는 시적 주체의 부끄러움과 죄의식에서 촉발되었다고 하겠으나 자기 폐쇄적인 세계로 함몰되지도 않고 이른바 '정신승리법'의 언어를 선택하는 쪽으로도 기울지 않을 수 있었던 것은 바로 우리는 모두 "빚 있는 자"라는 인식이 작용하고 있어서다. 이러한 시인의 시에 대한 태도는 다른 시들에서도 확인할 수 있다. 예컨대 "납작하게 엎드려 세상을 더듬거리도록" 태어난 '지네'의 모습(「지네」), "앞으로 떠나갈 것들에게 지나온 여정이라도 가만가만 들려주며 그들의 내력이라도 되어 주려"는 '먼지'의 마음(「먼지」), "단 한 번도 너희를 배제하지 않아"라고 말하는 소통할 수 없는 주파수를 지닌 고래(「52-hertz whale」) 등을 통해서 시인의 세상을 대면하는 자세와 마음을 읽을 수 있다. 무엇보다 이러한 점은 시인의 시론시(詩論詩)라 할 「서점의 사회학」에 고스란히 담겨져 있다.

이 작품은 "서점의 재개발 이후/시집의 자리"와 그러한 시집에 포함될 시들의 의미를 코멜리나 벵갈렌시스라는 "땅속에서 꽃을 피우는" 식물을 매개로 하여 형상화하고 있다.

> 10억 만들기와 처세와
> 아름다운 몸매를 가꾸라는
> 달콤한 협박이 넘치는 동안
> 그늘 속에서 숙성된 말들이
> 시집 속으로 스며들어 고이지만
> 아무도 페이지를 들춰 보지 않는다.
> 이 도시에서 밀려나는 자들의
> 얇은 두께를 닮아
> 왜소한 몸을
> 책장 속에 나란히 묻어 두고
> 싹이라도 틔우려는 듯
> 몸을 접고 웅크린 채
> 재개발의 실상을
> 고스란한 온몸으로 버티고 앉은 시집들.

서점 한가운데는 부와 처세와 건강에 대한 책들로 채워졌다. 이러한 책들의 언어를 시적 화자는 '재개발의 언어'를 닮은 "달콤한 협박"이라고 표현했다. 협박의 잔인성은 달콤함이라는 고도의 전략 속에 은폐되어 있어 그 달콤함에 대한 욕망이 자신에게 어떤 고통을 주는지 감각조차 할 수 없는 시대가 "재개발"의 시대다. 이러한 시대에 "몸을 접고 웅크린 채/재개발의 실상을/고스란한 온몸으로 버티고 앉은" 것이 시=시집=시인이다. 여기서 "버티고 앉은"이라는 표현은 "재개발"에 대응하는 태도를 보다 분명하게 한다. 이 표현은 시인과 "도시에서 밀려나는 자들"을 서로 접속시키는 효과까지 만들어 낸다.

이렇듯 시인의 언어는 "밀려나는 자" 혹은 "빚 있는 자"의 삶과 그들의 목소리에 대해 공명하려는 발화적 양상을 띤다. 문자 메시지 한 통에 해고되고 다시 그 자리는 '같은 우리'로 대체되고 대물림될 뿐이라는 점을 계약직 노동자의 운명과 화려한 '벚꽃 엔딩'의 장면을 결합시켜 보여 준 「벚꽃 엔딩」, 대형 매장의 점원에게 '왕'으로 군림하며 그들을 무릎 꿇리게 하여 굴욕적 노동을 수행하게 하는 고객들도 결국은 '돈' 앞에 굴복하고 살아가는 무기력한 존재라는 점에서 '같은 우리'임을 환기시키는 「대형 마트의 사회학」 등이 대표적인 시일 것이다. 이외에도 편의점 알바생(「흡혈귀의 시간」), 결혼 이주 여성(「WELCOME JUICE」), 삼성전자 백혈병 노동자(「겨우살이」), 밀양 송전탑 건설을 반대하는 원주민 노인(「이상 성애 강철 거인」), 댓글 알바생(「사상 검증」), 구재역 매몰 작업에 참여한 인부(「외상 후 스트레스 장애」) 등등. 시집 속에는 사회 세태를 고발하거나 폭로하는 시들과 함께 "빚 있는 자"의 목소리를 담은 시들의 자리를 상당수 마련해 놓고 있다(이 계열의 시편들 속에 「기억해야 할 동행」과 「캣맘」이 반짝이고 있음도 언급해 두지 않을 수 없다).

그런데 이러한 "빚 있는 자"들의 목소리를 담아내는 시적 발화의 양상에는 어떤 특징이 확인된다. 많은 시들에서 시적 화자 '나'가 다양한 '당신'을 호명하는 발화 구조를 보이고 있다는 점이 그것이다.

①
내 병원(病原)은 당신의 사랑과 관심이다.

—「거미줄바위솔」 부분


②
번번이 서랍은 왜 뒤져?
당신의 생각을 적는데 왜 내가 짙은 잉크를 흘려야 할까.

—「모나미 153」 부분


③
너희는, 오랫동안 나를 두고, 나의 언어를 두고,
독백이라고 했다. 진화가 덜된 목소리라고도 했다. 그래서,

내가 이상해?

—「52-hertz whale」 부분

많은 시들에서 시적 청자로 설정된 '당신'은 '너희', '그대' 등으로 변주되어 설정되기도 하고, 때로는 '어머니', 연인 등과 같이 분명한 대상을 지칭하기도 한다. 그러나 거의 대부분의 경우 '당신'은 일반 독자로 상정되어 있다. ①에서처럼 식물을 키우는 '당신', ②에서처럼 볼펜을 사용하는 '당신', 그리고 ③에서처럼 '나'의 소리를 이해하지 못하는 '너희' 등등. 시인의 시작법에 해당할 만큼 '당신'은 중요한 키워드에 해당한다. 이런 시들의 시적 화자는 '인간'이 아닌 경우가 많다. 식물, 동물, 사물이 시적 화자 '나'가 되어 '당신'에게 발화하는 양상을 취하고 있다. 이러한 시적 화자의 발화는 ①-③의 예처럼 단호하면서도 냉정한 어투로 '당신들'의 내외부에 존재하는 일방적인 오해를 환기시키고 비판한다. 이러한 발화는 정확하게 '당신'을 지칭하여 호명한다. 이 발화 구조로 말미암아 '당신'은 '나'의 말을 경청하는 자세를 취하지 않을 수 없으며 동시에 '나의 발화'의 호소력은 강화되는 효과를 획득할 수 있는 것이다.

그러나 이런 '나-당신'의 발화 구조는 자칫 시가 전하는 계몽적 메시지의 측면만 부각시킬 가능성 또한 가지고 있다는 점을 유념할 필요도 있겠다. 같은 발화 구조를 가지고 있지만 위에서 인용한 시들에 비해 「토이 크레인」은 시적 울림이 더 크다. 총 5연으로 이루어진 「토이 크레인」은 1연에서 3연까지는 시적 화자 '나'가 '당신(기계)'을 청자로 하고 있으며, 4연과 5연은 시적 화자 '기계'가 '당신'을 청자로 하여 (이탤릭체로) 발화하는 구조를 취하고 있다. 이렇게 '나'의 발화와 '당신(기계)'의 발화가 한 편의 시 안에 놓임으로써 각 주체의 발화는 '대화적 관계'를 형성하게 된다. 그래서일까? 이 시는 '나-당신'의 일방적 발화 구조를 띠는 다른 시들에 비해 전하는 메시지의 울림이 더 길게 느껴진다.

\*

이 글을 마무리해야 하는 지점에서 한두 가지 이야기를 첨언하여 두지 않을 수 없다. 그 하나는 '교사/시인'에 대한 것이다. 정창준 시인은 교사이다. 그의 시 세계는 교사라는 직업을 가지기 전에 쓴 시와 교사가 된 후에 쓴 시로 구분할 수 있을지도 모르겠다. 이 점은 정창준의 시 세계를 이해하는 데 있어 중요하고 (이럴 때 쓰는 표현이 아니어야 함에도 불구하고) 흥미로운 사항임에 틀림없다. '교사'라는 내면과 '시인'이라는 내면이 길항하고 결합하는 양상을 뚫어 가는 읽기가 그의 시 세계를 이해하는 한 방법이라고 할 수도 있겠다. 이른바 '학교시'의 범주에 포함되는 「헨젤과 그레텔」 「핑크 플로이드 버전의 학교」 「있을 법한 상담」 등이 그것을 방증한다. 앞서 나는 '흥미로운' 사항이라고 썼다. 이 글에서 더 개진하지는 않았지만 주지하다시피 '학교'

는 신자유주의 시대의 이데올로기를 떠받치고 그것을 재생
산하는 대표적인 국가기구에 해당한다. 이런 질문을 해 본
다. 이 이데올로기 국가기구에서 '교사'가 아니라 '시인'으
로 살 수 있을까? 여기서는 단지, 정창준 시인은 「아버지의
발화점」과 「클라인 씨의 병」을 통해 알 수 있듯이 '난쏘공'을
사랑하는 '국어' 교사라는 점만 강조하여 둔다. 그런 점에서
「있을 법한 상담」은 '교사/시인'이 길항하는 내면을 소유하
고 있는 '시인'만이 쓸 수 있는 시일 것이다. 여기에 '세월호
사건'에 희생된 학생들을 애도하고 있는 「브레히트가 그린
나의 자화상」과 「다시, 봄」을 빠뜨려서는 안 될 것이다.

첨언할 다른 하나는 시집의 마지막에 배치하고 있는 「섬
의 방식」에 대한 것이다. 창작 순서와 무관하게 이러한 배
치는 시인의 의도를 담고 있는 것으로 보인다. 앞서 설명했
다시피 이 시집의 시들은 「아버지의 발화점」을 한 기점으로
한다. 출발점에 자리한 철거민의 상황은 「섬의 방식」에서
'도시 난민'의 상황으로 변주된다. 이 시는 '섬'의 이미지와
'유실된 난민'의 출렁거리는 현실을 시인의 '실험적 표기법
의 발성'으로 담아내고 있다. 특히 '난민의 유실'을 고층 빌
딩 청소부의 밧줄이 끊어져 떨어진 사회 사건의 삽입을 통
해 그 '추락'의 형상을 강화하고 있다. 이렇게 시집의 마지
막과 처음에 각각 배치된 두 시는 바닥으로의 추락 이미지
와 망루를 오르는 이미지를 서로 맞물고서 시집을 에워싸
고 있는 것이다. 그런 점에서 세상은 변한 것이 없다.

「섬의 방식」은 두 번째 시집을 위한 출발점이기도 하다.

다음에 쓰일 시는 '도시 난민'에 대한 더 깊어진 시인의 사유를 담게 될 것이라고 믿는다. 왜냐하면 그것은 '마음'에 대한 것이므로. 그 '마음'은 "상처"의 다른 이름이기도 할 것이다. 시인은 더 쓸 것이고 계속 쓸 것이다, '유실된 자들의 상처'에 대해. 시의 마지막 문장이자 시집의 마지막 문장은 이렇다.

나 는  중 얼 거 린 다 .
도저히 번역할 수 없는 마음들이 많아서 그런 거야.